人文阅读与收藏·良友文学丛书

舒乙题

原丛书主编：赵家璧

特 邀 顾 问：舒　乙　赵修慧　赵修义　赵修礼　于润琦

出　品　人：马连弟
监　　　制：李晓琤
执　　　行：张娟平
统　　　筹：吴　晞　姚　兰
装帧设计：赵泽阳

特别鸣谢（按姓氏笔画排列）：
韦　韬　叶永和　李小林　沈龙朱　陈小滢　杨子耘
张　章　周　雯　周吉仲　舒　乙　蒋祖林　施　莲
姚　昕　俞昌实　钟　蕻　郑延顺　赵修慧
以及在版权联系过程中尚未联系到的作者或家属

特别鸣谢：
上海鲁迅纪念馆
北京鲁迅博物馆
北京大学中国语言文学系
复旦大学中国语言文学系
中国作家协会权益保障委员会

人文阅读与收藏·良友文学丛书

河边

鲁彦 著

中国国际广播出版社

良友版《河边》平装本封面

良友版《河边》鲁彦第39号签名本

良友版《河边》编号页

良友版《河边》扉页

《良友文学丛书》新版出版说明

二十世纪三四十年代，著名编辑赵家璧在上海良友图书公司老板伍联德的支持下，历经十余年，陆续出版《良友文学丛书》，计四十余种。其中三十九种在上海出版，各书循序编号，后出几种则无。该套丛书以收入当时左翼及进步作家的作品为主，也选入其他各派作家作品。其中小说居多，兼及散文和文艺论著；第一号是鲁迅的译作《竖琴》。丛书一律软布面精装（亦有平装普及本），外加彩印封套，书页选用米色道林纸，售价均为大洋九角。

《良友文学丛书》选目精良，在现在看来，皆为名家名作；布面精装的装帧更是被许多爱书人誉为“有型有款”。不可否认，在装帧设计日益进步的当下，这套出版于二十世纪三四十年代的丛书外形已难称书中翘楚，但因岁月洗汰，人为毁弃，这套曾在出版史上一度“金碧辉煌”过的丛书首版已然成为新文学极其珍贵的稀见“善本”。

在《良友文学丛书》首版八十周年之际，为满足现代普通读者和图书馆对该丛书阅读与收藏的需求，我们依据《良友文学丛书》旧版进行再版（四种特大本不在其列）。本着尊重旧版原貌的原则，仅对旧版中失校之处予以订正。新版《良友文学丛书》采用简体横排的形式，以旧版书影做插图，装帧力求保持旧版风格，又满足当下读者的审美趣味。希望这一出版活动对缅怀中国出版前辈们的历史功绩和传承中国文化有所裨益，也希望广大读者多提宝贵意见和建议，以便我们把日后的工作做得更好。

《良友文学丛书》新版校订说明

一、本丛书收录原良友图书公司编辑赵家璧主编《良友文学丛书》共四十六种（四种特大本不在其列），乃为目前发现且确系良友版之全部。

二、此番印行各书，均选择《良友文学丛书》旧版作为底本，编辑内容等一律保持原貌，未予改窜删削。

三、所做校订工作，限于以下各项：

（1）将繁体字改为简体字；

（2）原作注释完全保留；

（3）尽量搜求多种印本等资料进行校勘，并对显系排印失校者在编辑中酌予订正；

（4）前后字词用法不一致处，一般不做统一纠正；

（5）给正文中提到的书籍和文章及其他作品标上书名号，原作书名写法不规范、不便添加符号者，容有空缺；

（6）书名号以外其他标点符号用法，多依从作者习惯，除个别明显排印有误者外均未予改动。

目 次

河　边

是忧郁的暮春。低垂着灰暗阴沉的天空。斜风挟着细雨，一天又一天，连绵着。到处是沉闷的潮湿的气息和低微的抑郁的呻吟——屋角里也是。

“还没晴吗？——”

每天每天，明达婆婆总是这样的问着，时时从床上仰起一点头来，望着那朝河的窗子。窗子永远是那样的惨淡阴暗，不分早晨和黄昏。

tak，tak 是檐口的水滴声，单调而又呆板，缓慢地无休止的响着。

tink，tink……是河边垂柳的水滴声，幽咽而又凄凉，栗颤地无穷尽的响着。

厌人的长的时间，期待的时间。

河水又涨了。虽然是细雨呵，这样日夜下着。山里的，田间的和屋角的细流全汇合着流入了这小小的河道。皱纹下面的河水在静默地往上涌着，往上涌着。

“还没晴吗？……”

每天每天，明达婆婆总是这样的问着，仿佛这顷刻间雨就会停止下来似的。她明知道那回答是苦恼的，但她仍抱着极大的希望期待着。她暂时忘记了病着的身体的疼痛和蕴藏在心底的忧愁，她的深陷的灰暗的眼球上闪过了一线明亮活泼的光，她那干枯的呆笨的口唇在翕动着，微笑几乎上来了。

但这也只有一霎那。朦胧无光的薄膜立刻掩上她的眼球，口唇又呆笨地松弛着。一滴滴的雨声仿佛敲在她的心上，忧苦的皱纹爬上了她的面部，她的每一支血管和骨髓似乎都给那平静的河水充塞住了。浑身是痉挛的疼痛。

“这样的天气，这样的天气……”

她叹息着，她呻吟着。

天晴了，她会康健；天晴了，她的儿子会来到。她这么相信着。但是那雨，只是苦恼地飘着，一刻也不停歇。一秒一分，一点一天，已经是半个月了，她期待着。而那希望依然是渺茫的。

有三年不曾回家了，她的唯一的儿子。他还能认得她吗，当他回到家里的时候？她已是这样的衰老，这样的消瘦。谁能晓得，她在这世上，还有多少时日呢？风中之烛呵，她是。

然而无论怎样，她得见到他，必须见到他。那是不能瞑目的，倘若在他来到之前，她就离开了这人间。她把他养大，是受了够多的辛苦的。她的一生的心血全在他身上。而现在，她的责任还没有完。她必须帮他娶一个媳妇。虽然他已经会赚钱了，但也得靠她节省，靠她储蓄。幸福吗？辛苦一生，把他养大，看他结婚生孩子，她就够了。但是现在，这愿望还没完成，她要活下去。

什么时候能够恢复健康呢？天晴了，就会爬起来的。而那时，她的儿子也就到了。屋中的潮湿的发霉的气息是使人窒息的，但是天晴了，也就干燥而且舒畅。檐口的和垂柳的水滴声是厌人的，但是天晴了，便将被清脆的鸟歌和甜蜜的虫声所替代，——还有那咕呀咕呀的亲切的桨声。

“是谁来了呢？……”

每次每次，当她听到那远远的桨声的时候，她就这样问着，叫她的十五岁女儿在窗口望着。没有什么能比这桨声更使她兴奋了，她兴奋得忘记了自己的病痛。他来时，就是坐着这样的船来的，远远地一声一声的叫着，仿佛亲切地叫着妈妈似的，渐渐舦了近来，停泊在她的屋外。

那时将怎样呢？日子非常的短，非常的短了。

她是一个勤劳的，良善的女人；一个温和的，慈爱的母亲。而她又有一颗敬虔的心，对于那冥冥中的神。

看呵，慈悲的菩萨将怜悯这个苦恼的老人了。一天又一天，或一个早晨，阳光终于出现了，虽然细雨还没停止。而她的儿子也果然到了她的面前。

“是呵，我说是可以见到你的，涵子！……”她笑着说，但是她的声音颤栗得哽住了。她的干枯的眼角挤出来了两颗快乐的眼泪。世界上没有什么比立在她眼前的儿子更宝贵了。而这三年来，他又变得怎样的可爱呵。

已经是一个大人了，高高的，二十岁年纪，比出门的时候高过一个头。瘦削的面颊变成了丰满，连鼻子也高了起来。温重的姿态，宏亮的声音，沉着的情调，是个老成的青年。真像他的年青时候的父亲。三年了，好长的三年，三十年似的。他出门的一年还完全是个孩子，顽皮的孩子。一天到晚蹲在河边钓鱼，天热了，在河里泅着，没有一刻不使她提心吊胆。

“苦了你了，妈……”涵子抽噎起来，伏在她的床边。

这样的话，他以前是不会说的，甚至还不晓得，只晓得什么事情都怪她，对她发脾气，从来不对她流这样感动的眼泪。是个硬心肠的人。但他现在含着悲酸的眼泪，只是亲切地望着她，他的心在突突的跳着，他的每一根脉搏在战栗着。他看见他的母亲变得怎样的可怕了呀。

三年前，当他出门的时候，她的头发还是黑的厚的，现在白了，稀了。她那时有着强健的身体，结实的肌肉，现在瘦了，瘦得那样，只剩了一副骨骼似的。从前她的面孔是丰满的，现在满是皱纹，高高地冲出着颧骨。口内的牙齿已经脱去了一大半。深陷的眼睛，没有一点光彩，蒙着一层薄膜。完全是另一个模样了。倘若在路上见到她，涵子决不会认识她。

“到城里去吧，妈，那里有一个医院，你住上半月，就很快的好了……”涵子要求说。

但是她摇了一摇头：

“你放心，这病不要紧……你来了，我已经觉得好了许多呢……你在路上两三天，应该辛苦了，息息吧……学堂里又是日夜用心费脑的……梅子怎么呀？快去要你婶子来，给你哥哥多烧几碗菜……”

随后她这样那样的问了起来：气候，饮食，衣服……非常的详细，什么都想知道，怎样也听不厌，真的像没有什么病了。这只是一时的兴奋，涵子很明白。他看见她不时用手按着心口，不时用着头和腰背，疲乏地喘着气。

“到城里的医院去吧，妈……”涵子重又要求说。“老年人呵……”

“菩萨会保佑我的，”她坚决地说。“倘若时候到了，也就不必多用钱。——我要在家里老的。”

涵子苦恼地沉默了。他知道她母亲什么都讲得通，只有这一点是最固执的，和三年前一样，和二十年前一样。她相信菩萨，不相信人的力。火车，飞机，轮船，巨大的科学的出品摆在她眼前，甚至她日用的针线衣服粮食，没有一样不经过科学的洗礼，时时刻刻证明着神的世界是迷信的，但她仍然相信着神的权力。她舍不得吃，舍不得穿，什么都要省俭，但对于迷信的事情却舍得用钱。那明明是骗局：懒惰的和尚尼姑们，什么工作也不做，只靠几尊泥塑的菩萨哄骗愚夫愚妇去拜佛念经，从中取利。说是修行，实际上却是无恶不作的。

“菩萨会保佑我的。”而他的母亲生着重病，不相信医药，却相信神的力。她现在甚至要到寺院里去求神了。菩萨怎样给她医病呢？没有显微镜，没有培养器，没有听诊器，没有温度表，一个泥塑的偶像，能够知道她生的什么病吗？然而她却这样的相信，这样的相信，点上三炷香，跪下去叩了几个头，把一包香灰放在供桌前摆了一会，就以为菩萨给她放了灵药，拿回来吞着吃了。这是什么玩意呀？涵子想着想着，愤怒起来了。

“菩萨会保佑，你早就不会生病了！”他忿然的说。

“还不是全靠的菩萨，能够再见到你？”

“那是我自己要来的！菩萨并没有叫我回来！”

“我能够活到今天，便是菩萨保佑……”

“菩萨在那里呢？你看见过吗？”

“呵，那里看不到。你难道没到过庙堂寺院吗？……”

“泥塑木雕的偶像，哼！打它几拳，又怎样！”涵子咬着牙齿说。

“咳，罪过，罪过……”她忽然伤心了。“我把你养大，让你进学校，你现在竟变到这样了……你从小本是很敬菩萨的……你忘记了，你十五岁的时候，生着很大的病，就是庙里求药求好的……”

“那是本来要好了。或者，病了那么久，就是求药求坏的。听了医生的话，早就不会吃那么大亏的。”

“你没有良心！我那种药没有给你吃，那个医生没有请到，还说是求药求坏的！……”

三年不见了，她的心爱的儿子忽然变得这样厉害，她禁不住流出眼泪来。她懊恼，她怨恨，她想起来心痛。儿子虽然回来了，却依然是非常的寂寞，非常的孤独。

“做人真没味呵……”她喃喃的叹息着，觉得活着真和做梦一般。刚才仿佛过了，现在又听到了那乏味的忧愤的声音：

tak，tak……檐口的水滴声缓慢地无休止的响着，又单调又呆板。

tink，tink……河边垂柳的水滴声栗颤地无穷尽的响着，又幽咽又凄凉。

窗子外面的天空永远是那么惨淡阴暗，她的一生呵……

她低低地哭泣了。

“妈！你怎么呀？……病着的身体呵……饶恕我……

我粗鲁……我陪你去，只要你相信呀！”

涵子着了急。他不能不屈服了，见到他母亲这样的伤心。他一面给她拭着眼泪，一面坚决地说：

“无论那一天，你要去，我就陪你去。”

“这样就对了，”她收了眼泪说。“你才回来，休息一天，后天是初一，就和我一道到关帝庙去吧……”

“落雨呢？”

“会晴的。”

“不晴呢？……明天先请个医生来好吗？”

她摇了一摇头：

“我不吃药。后天一定会晴的……不晴也去得，路不远，扶着我……”

涵子点了点头，不敢反对了。但他的心里却充满了痛苦。他和母亲本是一颗心，生活在同一个世界上的；现在却生出不同来，在他们中间隔下了一条鸿沟，把他们的心分开了，把他们的世界划成了两个。母亲够爱他了，为着他活着，为着他苦着，甚至随时准备着为他牺牲生命，但对于她的信仰，却一点不肯放弃。而这信仰却只是一种迷信，一种愚蠢，她相信菩萨，既不知道神的历史和来源，也不了解教条和精神。她只是一味的盲从，而对于无神论者不但不盲从，却连听也不愿意听。无论拿什么证明给她看，都是空的。而他自己呢？他相信科学，并不是盲从，一切都有真凭实据的真理存在着的。在二十世纪的今日，他决不能跟着他母亲去信仰那泥塑木雕的偶像，无论他怎样的爱她母亲。他们中间的这一条鸿沟真是太大了，仿佛无穷尽的空间和时间，没有东西可以把它填平，也没有法子可以跨越过去。他的痛苦也有着这么大。

现在，他得陪着他母亲去拜菩萨了。他改变了信仰吗？决不。他不过照顾他病着的母亲行走罢了。他暗中是怀着满腹的讥笑的。

“下雨也去吗？”

“也去的。”

四月初一的早晨，果然仍下着雨，她仍要去。

为的什么呢？为的求药！哼！生病的人，就不怕风和雨了！仿佛已经给菩萨医好了病似的！这样要紧。仿佛赶火车似的！仿佛奔丧似的！仿佛逃难似的！仿佛天要崩了，地要塌了似的！……这简直比小孩子还没有知识，还糊涂！那边什么也没有，这里就先冒了个大险！这样衰弱的身体，两腿站起来就发抖，像要立刻栽倒似的！而她一定要去拜菩萨！拜泥塑木雕的偶像！一无知觉的偶像！

“香火受得多了，自然会灵的，”她说。

那么连那里的石头也有灵了！桌子也有灵了！凳子也有灵了！屋子也有灵了！一切都该成了妖精了！

就假定那泥塑木雕的关帝有灵吧，他懂得什么呀，那个红面孔的关云长？他几时学过医来？几时尝过百草？他活着会打仗，死后为什么不把张飞救出来，刘备救出来，诸葛亮救出来？为什么要眼望着蜀国给人家并吞呢？

“那是天数，是命运注定了的。”

那么，生了病，又何必求药呢？既然死活都是天数，都是命运注定了的！

没有一点理由！一丝一毫也没有！而她却一定要去！给她扶到船上，盖着很厚的被窝，还觉得寒冷的样子。这样老了，什么都慎重得利害的，现在却和自己开这么可怕的玩笑，儿戏自己的生命！

“唉，唉……”

涵子坐在船上，露着忧郁的脸色，暗暗地叹着气。他同他母亲在同一个天空下，在同一个时间里，在同一只船上，在同一条河上，听着同一的流水声，看着同一的细雨飘，呼吸着同一的空气，而他和他母亲的思想却是那么样的相反，中间的距离远至不堪言说，永无接近的可能……横隔在他们中间的，倘若是极大的海洋，也有轮船可通；倘若是大山，也有飞机可乘，而他们的心几乎是合拍地跳着的，竟被分隔得这样可怕……

看呀，他现在是怎样的讥笑着，反对着那偶像和他母亲的迷信，怎样苦恼着焦急着他母亲的病，而他母亲呢？

她非常的敬虔，非常的平静，她确信她这次的病立刻会好了。她头一天晚上就预备得好好的：洗脚梳头备香烛，办金箔，已经开始喃喃地念着她所决不了解也不求了解的经句。睡在床上只是反来覆去的等天亮。东方才发白，她已经穿好衣服，斜坐在床上了。倘若不是生着病，这时已经到了庙里，跪在香案前呢。一早下着雨，她不再问“还没晴吗，”也不再怨恨似的说“这样的天气，这样的天气。”这两天，这寒凉的，潮湿的，忧郁的暮春天气，在她仿佛和美丽的晴天一样。她心里非常的舒畅，眼前闪耀着光明的快乐的希望。她不说半句不吉利的话，不略略皱一下眉头，什么也不想，只是一心一意的喃喃地念着经句，仿佛她只有一颗平静如镜的心，连那痛苦的躯壳也脱离了似的。虽然是下着细雨，吹着微风，船在河面驶着，依然是相当喧扰的：咕呀咕呀的船桨声，泊泊的破浪声，两岸淙淙的沟流声，行人的脚步声，时或远远地呜呜的汽车或汽船的汽笛声，某处咕咕的斑鸠唤雨声，一路上埠头边洗衣女人嘻嘻哈哈的笑语声，水面上来去的船只喧闹声，……但是这一切，她都没有听见，没有看见，她仿佛已经离开了这世界，到了清默寂寞的天堂似的。

“唉唉，……”

涵子一路叹息着，几乎发出声音来了。为了母亲，他现在是把他的痛苦紧紧地压在心里。但这痛苦却愈压愈膨胀起来，仿佛要爆烈了。他仰着头，望着天空，天空是那样的灰暗阴沉，无边的痛苦似的。他望着细雨，细雨像在低低的哭泣。他望着河面，河面蹙着忧苦的皱纹也对他望着。他转过脸去，对着两岸，两岸的水沟在对他诉苦似的呻吟着。

“苦呀，苦呀……”船桨对他叫着似的。

接着是一声声“唉，唉”的船夫叹息声。

“哈哈哈哈……”两岸埠头上的女人笑了起来，仿佛看见了他和她母亲中间隔着的那一条鸿沟。

涵子几乎透不过气了，连那潮湿的空气也是沉闷的窒息的。

船靠埠头了。要不是他母亲叫他，涵子简直还以为船仍在河的中心走着。

“滑稽的世界！”涵子自言自语的说，看着岸边，不觉好笑起来。

这里已经停满了船了：小的划子，大的摇船，有许多连篷边也没有，在这样风雨的天气。有几只是二十里外的岙里来的，他看着船名就知道。有几只船上还载着兜子，那一定是更远在深山冷岙里了，或者是病得很利害。

他扶着他母亲走上岸来，一所堂皇华丽的庙宇和热闹的人群就映入了他的眼帘。这还是初一，如果是诞辰，还不晓得热闹到什么样子呢。

白了头发的，脱了牙齿的，聋了耳朵的，瞎了眼睛的，老的小的，男的女的，坐着摇篮，坐着轿子，坐着船，从旱路，从水路，远远近近的来了，这中间，有的肿着眼睛，有的生着疮，有的烂着腿，有的在咳嗽，有的在发热，有的是肺病，有的是肠胃病，有的是心脏病，……这些人都是来求药的，他们都把关帝菩萨当做了内外科，妇人科，小儿科，一切疾病的治疗者。此外有些康健的人是来求财，求子孙，问寿命，问信息。把关帝菩萨当做了无所不能，无所不知的万能者。一个一个拿着香烛进去，一个一个拿着香灰或签司出来。有的忧愁着，有的呻吟着，有的叹息着，有的流着眼泪，有的微笑着。他们生活在各种不同的屋角里，穿着各种不同的衣服，露着各种不同的面色，抱着各种不同的希望和要求，而他们的信仰却是一致的。

“愚蠢的人们……”涵子暗暗地说着，扶着他的母亲走到了关帝庙的门口。

那门口有着一片好大的广场，全用平滑的细致的石板铺着。左右两旁竖着高入云霄的旗杆，前面一个广大的圆池，四围用石栏杆绕着。走上高的石级，开着三道巨大的红漆的门，门口蹲着两个高大的石狮子。两边站着一个雄壮的马和马夫。香烟的气息就在这里开始了，大家都在这里礼拜着。

“让我点香呵……”明达婆婆说着，从涵子的手臂中脱出手来，衰弱无力地颤栗着，燃着了火柴。

“我给你插吧，”涵子苦恼地说着，“你没有一点气力呀！”

他接着香往香炉里插了下去，但他的心里充满了愤怒，这是一匹马，一匹泥塑的马！有着思想，有着情感的动物中最知慧的人现在竟向这样的东西行礼了！而且还不止一个人，无数的，无数的男女老少，连他也轮到了点香的义务！要不是为了母亲，他几乎把香摔在那东西上面，用什么棍子敲毁了那塑像！

三个好高大的门限，他吃力地扶着他母亲跨了进去，就是宽阔的堂皇的走廊。脚下的石板是砌花的，红漆的柱子和栋梁上都有着精细的雕刻，墙上挂满了金光夺目的匾额和各色的旗幡，上面写着俗不可耐的崇拜与称扬的语句。墙的下部份砌着许许多多石刻的碑铭，一样地不值得一读的语句，下面署着某某善男或信女的名字。

“哼！……”涵子暗暗地自语着，“都是好人，到这里来的！但是我们社会的黑暗，社会的腐败，贪婪残暴的恶人从那里来的呢？……”

他愤怒地对着那些来来去去的男女老少射着轻蔑的眼光。他看见他们都把头低下了，非常惭愧，非常内疚似的，静默得只听见轻缓的脚步声，微细的衣服磨擦声，和低低的暗祷声。

“看你们这些人出了庙门做些什么！争闹，欺骗，骄傲，凶横残忍……”

他现在绕过一个大院子，走上一个雕刻的石级，到了第二道门了。这里的柱子，栋梁，墙壁和门道，雕刻得愈加精细，仿佛是以前的皇宫一般，金光灿烂的。门的两边竖着很大的木牌，写着“肃静回避”几个大字。走进门，又是非常宽阔的走廊，走廊又是许多旗幡，匾额和碑铭，外面还装着新式的玻璃门窗。广大的院子中间筑着一个华丽的戏台，面对着正中的大殿，倘若演戏了，那是演给菩萨看的。

“菩萨也要看戏！原来是个凡俗的菩萨！”涵子不觉苦笑起来。

这些人们真是够愚蠢了，他觉得。他们一面把菩萨当做了万能的，全知的，一面又把他当做平凡的愚笨的，和他们一模一样。

绕过围廊，他扶着母亲走进大殿了。这里简直是惊人的华丽。和溜冰场一样光滑的发光的石板，两抱粗的柱子，巨大的细致的铜炉，红木的雕刻的供桌，金碧辉煌的神龛，光彩焕发的泥像。关羽，周仓，关平。两旁神龛中还站着四个判官一类的神像，这连涵子也不晓得是谁了。关羽在这里仿佛做了皇帝，那些是他的文武官员似的。大殿中迷漫着香烟的气息，涵子几乎窒息了。而在这气息里面还夹杂肉的气息，鱼的气息。原来那偶像是吃荤的。

而那些顶礼的人们呢？却都是斋戒沐浴了来，奉行着佛教徒的习惯。他们都说自己是善男信女，而关羽活着的时候却是以善于杀人出名的。

他抬起头来，望见了上面两块大匾，一边是“正义贯天”四个字，一边是“保国福民”四个字。

“哼……！”涵子又愤怒了。

这偶像在怎样的“保国福民”呢？他叫人民迷信，叫人民服从，叫人民否认现实的世界，叫人民忘却自己的“人”的能力！社会的经济破产了，国家将亡了，他还在不息地吮吸着人民的脂膏，造下富丽堂皇的王宫似的庙宇来供奉他的偶像！他在祸国，他在殃民，他的罪恶是贯天的！……

“快些点起香烛吧……”他母亲说着，已经跪倒在拜凳上。

他愤怒地咬着牙齿，点起香烛，几乎眼中喷出火来！——他要烧掉这庙宇！

“唉，唉……”他又痛苦地叹息起来。

那是完全为了他母亲，为了他母亲呵。

他母亲是多么的敬虔，多么的深信。她伏在拜凳上是那样的安静，那样的舒畅。她低着头，微微地睁着眼，久久地等候着。她看见了金光的闪耀，神帷的荡动，伟大的庄严的神像的起立，明亮如电的目光的放射，慈悲的万能的手在香案上面的伸展，她甚至还闻到了一阵奇异的非人间所有的神药的气息，听见了宏亮的神的安慰的语声：

“给你加寿了……”

她感激地拜了几拜，缓慢地站起身来，充满了沉默的喜悦。她心头的一颗巨石落下了。她的眼前照耀着快乐的希望的光明。她走近香案，恭敬地取了香灰。

但这时，她的另一个急切的愿望起来了。她要求那万能的全知的神给她解答。她取了两片木卦，重又跪倒在香案前，喃喃地祝祷了一会，把木卦举得高高的，往地上掷了下去。

是一阴一阳的胜卦。

她拾起来，喃喃地祈祷着，第二次掷了下去，也是胜卦。第三次又是胜卦。她抑制着最大的喜悦，感激地拜了几拜，这才站了起来。

“你去看一看卦牌，是怎样讲的吧，涵子，我求得了三胜卦呵……”

“呃！只怕太好了呀，看它做什么！”涵子摇着头说。

“自然是好卦，——但你给我看来吧，听见吗？”

“哼！专门和我开玩笑似的……”涵子喃喃地说着，终于苦恼地走近了那厌憎的卦牌：

“日出东方，前程亨泰，”他懒洋洋的念着。

她母亲微笑了。那样的快乐，是他回家后第一次的快乐的微笑。她的病仿佛好了。她的脚步很轻快，虽然一手扶着涵子的手臂，涵子却觉得非常轻松，没有扶着他似的。他们很快的走出了庙宇。

涵子惊异了一会，又立刻起了恐惧和痛苦。他知道这是他母亲的心理作用，病原并没有真正的去掉。他相信她的精神是过度的兴奋，不久以后，她的病会更加增重起来，尤其是疲劳的行动和风寒的感染。

他们又坐着原船在河面上了。

斜风依然飘着细雨。天空依然是灰暗阴沉的低垂着。河面依然露着忧苦的深刻的皱纹。

而涵子也依然苦恼地沉着脸，对着他母亲坐着。

他刚才做了什么事呢？他，一个有着新的知识和思想的青年学生？他是相信科学的人，他是反对迷信的人。他有勇气，他有热诚，他抱着改革社会的极大的志愿。但是现在呢？他连那最爱他的自己的母亲也劝不醒来，也崛强不过她，也坚持不过她。他们中间距离是这样的远，这样的远，永没有接近的可能……

“涵子，你怎么老是这样的苦恼模样呵……”他母亲说了。“我的病已经好了，你不必忧愁呀……”

“我吗？……我没有什么，……”他喃喃地回答说，这才注意出了母亲下船后就是直着背坐着，很有精神的样子。

“你看，天就要晴了。”她微笑地安慰着他说。“日出东方……底下一句怎么呀？”

“日出东方，日出东方，天就会晴了吗？”涵子不快乐的说。

“那自然，菩萨说的……”

“谁相信!”

“你不相信也罢，我总是相信的……”

“你去相信吧；我，不;”他摇着头。

“那没关系……总之，天要晴了……日出东方……前程……你说呀，怎么接下去的;”

“前程吗？哼……前程亨泰呀!”

“可不是！……前程亨泰呵……”她笑了。“那是给你问的卦呀……你譬如东方的太阳呢……”

她笑了。她笑得这样的起劲，她的苍白的脸色全红了，连头颈也是红的。她的口角是那样的生动，那样的自然，和年青人的一模一样。她的眼球上的薄膜消失了，活泼泼地发着明亮的光。她的深刻的颤动的皱纹下呈露着无限的喜悦。她仿佛看见了初出的太阳在她前面灿烂地升腾了起来，升腾了起来，仿佛听见了鸟儿的快乐的歌唱，甜蜜的歌唱。她的心是那样的平静清澈，仿佛是无际的碧蓝透明的天空。

他惊异地望着她，看不出她是上了年纪的人，看不出她有一点病容，只觉得她慈祥，快乐，活泼，美丽，和年青时候一样。

“我的病已经好了,”她继续着说，“你的前途是光明的，譬如日出东方……自从你出门三年，我没有一天宽心过，所以我病了，我知道的……现在我心头的一块石头落下了……”

涵子低下了头：

她三年来没有宽心过，自从他出门以后！

而她现在笑了，第一次快乐的笑了……

他感动地流下几滴眼泪，忘记了刚才的愤怒和痛苦。

“你还忧愁什么呢？”她紧紧地握着他的手，眼角润湿了。“我的病真的好了。我知道你相信医生，你真固执……你一定不放心，我明天就到城里的医院去，只要有你在我身边……”

大滴的眼泪从涵子的眼里涌了出来。

是忧郁的暮春。低垂着灰暗阴沉的天空。

河水又涨了。虽然是细雨呵，这样日夜下着。山里的，田间的和屋角的细流全汇合着流入了这小小的河道。绉纹下面的河水在静默地往上涌着，往上涌着，像要把他们的船儿浮到岸上来。

一只拖鞋

国良叔才把右脚伸进客堂内，就猛然惊吓地缩了回来，倒退几步，靠住墙，满脸通红的发着楞。

那是什么样的地板啊！

不但清洁，美丽，而且高贵。不像是普通的杉木，像是比红木还好过几倍的什么新的木板铺成的。看不出拼合的痕迹，光滑细致得和玉一样，亮晶晶地漆着红漆，几乎可以照出影子来。

用这样好的木料做成的桌面，他也还不曾见过，虽然他已经活上四十几岁了。

他羞惭地低下头，望着自己的脚：

是一双惯走山路下烂田的脚；又阔又大，又粗糙又肮脏；穿着一双烂得只剩下了几根筋络的草鞋，鞋底里还嵌着这几天从路上带来的黄土和黑泥，碎石和煤渣。

这怎么可以进去呢？虽然这里是他嫡堂阿哥李国材的房子，虽然堂阿嫂在乡里全靠他照应，而且这次特地停了秋忙，冒着大热，爬山过岭，终于在昨天半夜里把李国材的十二岁儿子送到了这里。这样的脚踏在那样的地板上，不是会把地板踏坏的吗？

他抬起头来，又对着那地板楞了一阵，把眼光略略抬高了些。

那样的椅子又是从来不曾见过的：不是竹做木做，却是花皮做的；又大又阔，可以坐得两三个人；另二个简直是床了，长得很；都和车子一样，有着四个轮子。不用说，躺在那里是和神仙一样的，既舒服又凉爽。

桌子茶几全是紫檀木做的，新式雕花，上面还漆着美丽的花纹。两只玻璃橱中放满了奇异的磁器和古玩。长几上放着银盾，磁瓶，金杯，银钟。一个雕刻的红木架子挂着彩灯。墙壁是金黄色的，漆出花。挂着字联，图画。最奇怪的是房子中央悬着一个大球，四片黑色的大薄板，像是铁的也像是木的。

国良叔有十几年没到上海来了，以前又没进过这样大的公馆，眼前这一切引起了他非常的惊叹。

“到底是上海！……到底是做官人家！……”他喃喃地自语着。

他立刻小心地离开了门边，走到院子里。他明白自己是个种田人，穿着一套破旧的黑土布单衫，汗透了背脊的人是不宜走到那样的客堂里去的。他已经够满意，昨天夜里和当差们睡在一间小小的洋房里，点着明亮的电灯，躺在柔软的帆布床上。这比起他乡下的破漏而狭窄的土屋，黯淡的菜油灯，石头一样的铺板舒服得几百倍了。

“叫别一个乡下人到人家的公馆门口去站一刻看吧！”国良叔想，“那就是犯罪的，那就会被人家用棍子赶开去的！”

于是他高兴地微笑了，想不到自己却有在这公馆里睡觉吃饭的一天，想不到穿得非常精致的当差都来和气地招呼他，把他当做了上客。但这还不稀奇，最稀奇的却是这公馆的主人。是他的嫡堂兄弟哩！

“我们老爷，……我们老爷……”

大家全是这样的称呼他的堂兄弟李国材。国良叔知道这老爷是什么委员官，管理国家大事的。他一听见这称呼就仿佛自己也是老爷似的，不由得满脸光彩起来。

但同时，国良叔却把他自己和李国材分得很清楚：“做官的是做官的，种田的是种田的。”他以为他自己最好是和种田的人来往，而他堂兄弟是做官的人也最好是和做官的人来往。

“我到底是个粗人，”他想，“又打扮得这样！幸亏客堂里没有别的客人……倘若碰到了什么委员老爷，那才不便呢。……”

他这样想着，不觉得又红了一阵脸，心跳起来，转了一个弯，走到院子后面去，像怕给谁见到似的，躲在一颗大柳树旁呆望着。

院子很大，看上去有三四亩田，满栽着高大的垂柳，团团绕着一幢很大的三层楼洋房：两条光滑的水门汀大路，两旁栽着低矮的整齐的树丛，草坪里筑着花坛，开着各色的花。红色的洋楼上有宽阔的凉台。窗子外面罩着半圆形的帐篷，木的百叶窗里面是玻璃窗，再里面是纱窗，是窗帘。一切都显得堂皇，美丽，幽雅。

国良叔又不觉得暗暗地赞叹了起来：

“真像皇宫……真像皇宫……”

这时三层楼上的一个窗子忽然开开了，昨天跟他到上海来的堂侄伸出头来，叫着说：

“叔叔！叔叔！你上来呀！”

国良叔突然惊恐地跑到窗子下，挥着手，回答说：

“下去！下去！阿宝！不要把头伸出来！啊啊，怕掉下来呀！……不得了，不得了！……”他伸着手像想接住那将要掉下来的孩子似的。

“不会，不会！……你上来呀，叔叔！”阿宝在窗口摇着手，“这里好玩呢，来看呀！”

“你下来吧，我不上来。”

“做什么不上来呀？一定要你上来，一定！”

“好的好的，”国良叔没法固执了，“你先下来吧，我们先在这里玩玩，再上去，好吗？我还有话和你说呢。”

阿宝立刻走开窗口，像打滚似的从三层楼上奔了下来，抱住了国良叔。

“你怎么不上去呀，叔叔？楼上真好玩！圆的方的，银子金子的东西多极了，雕出花，雕出字，一个一个放在架子上。还有瓶子，壶，好看得说不出呢！……还有……”

“你看，”国良叔点点头非常满意的说，“这路也好玩呢，这样平，这样光滑。我们乡里的是泥路，是石子路……你看这草地，我们乡里那有这样齐，那里会不生刺不生蛇……你真好福气，阿宝，你现在可以长住在你爸爸的这一个公馆里了……”

“我一定要妈妈也来住！”

“自然呀，你是个孝子……”

“还有叔叔也住在这里！”

国良叔苦笑了一下，回答说：

“好的，等你大了，我也来……”

“现在就不要回去呀！”阿宝叫着说。

“不回去，好的，我现在不回去，我在上海还有事呢。你放心吧，好好住在这里。你爸爸是做大官的，你真快活！——他起来了吗？”

“没有，好像天亮睡的。”

“可不是，你得孝敬他，你是他生的。他一夜没睡觉，想必公事忙，也无非为的儿孙呵。”

“他和一个女人躺在床上，讲一夜的话呢。不晓得吃的什么烟，咕噜咕噜的真难闻！我不喜欢那女人！”

“嗤！别做声！……你得好好对那女人，听见吗？”国良叔恐慌地附着阿宝的耳朵说。

“你来吧，”阿宝紧紧地拖着他的手。“楼上还有一样东西真古怪，你去看呀！……”

国良叔不觉得又心慌了。

“慢些好吗？……我现在还有事呢。”

“不行？你自己说的，我下来了你再上去你不能骗我的！”

“你不晓得，阿宝，”国良叔苦恼地说。“你不晓得我的意思。”

“我不管！你不能骗我，”阿宝拼命拖着他。

“慢些吧，慢些……我怎么好……”

“立刻就去，立刻！我要问你一样奇怪的东西呀！”

国良叔终于由他拖着走了。踉踉跄跄地心中好不恐慌。给急得流了一背脊的汗。

走过客堂门口，阿宝忽然停住下来，张着小口，惊异的叫着说：

“哪！就是这个！你看！这是什么呀？”他指着房子中央悬着的一个黑球，球上有着四片薄板的。

“我不知道……”国良叔摇着头回答说。

“走，走，走，我告诉你！”阿宝又推着他叫他进去。

“我吗？”国良叔红着脸，望望地板，又望望自己的脚。“你看，一双这样的脚怎样进去呢，好孩子？”

“管它什么，是我们的家里！走，走，走，一定要进去！我告诉你！”

“好，好，好，你且慢些，”国良叔说着，小心地四面望了一望，“你让我脱掉了这双草鞋吧。”

“你要脱就快脱，不进去是不行的！”阿宝说着笑了起来。

国良叔立刻把草鞋脱下了，扳起脚底来一望，又在两腿上交互地擦了一擦，才轻手轻脚地走进了几步。

“你坐下！”阿宝说着用力把国良往那把极大的皮椅上一推。

国良叔吓得失色了。

一把那样奇怪的椅子：它居然跳了起来，几乎把国良叔栽了一个跟斗。

“哈，哈，哈！真有趣！”阿宝望着颠簸不定的国良叔说。“你上了当了！我昨晚上也上了当的呢！他们都笑我，叫我乡下少爷，现在我笑你是乡下叔叔了呀！”

“好的，好的，”国良叔回答说，紧紧地扳着椅子，一动也不敢动，“我原是乡下人，你从今天起可做了上海少爷了，哈，哈，哈，……”

“你听我念巫咒！”阿宝靠近墙壁站着，一手指着那一个黑球画着圆圈“天上上，地下下，东西南北，上下四方，走！一，二，三！一，二，三！”

国良叔看见那黑球下的四片薄板开始转动了。

“啊，啊！……”他惊讶地叫着，紧紧地扳着椅子。

那薄板愈转愈快，渐渐四片连成了一片似的，发出了呼呼的声音，送出来一阵阵凉风。

“这叫做电扇呀！叔叔，你懂得吗？你坐的椅子叫做沙发，有弹簧的！”

“你真聪明，怎么才到上海，就晓得了！”

“你看，我叫它停，”阿宝笑着说又指着那电扇，“停，停，停！一，二，三！一，二，三！……”

“现在可给我看见了，你肩上有一个开关呀！哈，哈，哈！你忘记了，你还没出世，我就到过上海的呢！我是‘老上海’呀！……”

“好，好，好！”阿宝顽皮地笑着说，又开了电扇，让它旋转着，随即跳到了另一个角落里，“我同你‘老上海’比赛，看你可懂得这个！……”

他对着一个茶几上的小小方盒子站下，旋转着盒子上的两个开关。

喀喀喀……

那盒子忽然噪杂地响了起来，随后渐渐清晰了，低了。有人在念阿弥陀佛。随后咕咕响了几声，变了吹喇叭的声音，随后又变了女人唱歌的声音，随后又变了狗的嗥声……

“我知道这个，”国良叔得意地说，“这叫做留声机！你输了，我是‘老上海’到底见闻比你广，哈，哈，哈！……”

“你输了！我‘新上海’赢了！这叫做无线电！无线电呀！听见吗?”

“我不相信。”

“你不相信，去问来！看是谁对！无线电，我说这叫做无线电。……”

“少爷！”

当差阿二忽然进来了。他惊讶地望望电扇和无线电，连忙按了一下开关，又跑过去关上了无线电。

“你才到上海，慢慢的玩这些吧，这些都有电，不懂得会闯祸的……老爷正在楼上睡觉哩！他叫我带你出去买衣裳鞋袜。汽车备好了，走吧。”

“这话说得是，有电的东西不好玩的，”国良叔小心地按着椅子，轻轻站了起来，“你爸爸真喜欢你，这乡下衣服真的该脱下了，哈……”

国良叔忽然止住了笑声，红起脸来，他看见阿二正板着面孔，睁着眼在望他。那一双尖利的眼光从他的脸上移到了沙发上，从沙发上移到了他的衣上，脚上，又从他的脚上移到了地板上，随后又移到了他的脚上，他的脸上。

“快些走吧，老爷知道了会生气的。”他说着牵着阿宝的手走出了客堂，又用尖利的眼光扫了一下国良叔的脸。

国良叔羞惭地低下头，跟着走出了客堂。

汽车已经停在院子里，雪亮的，阿二便带着阿宝走进了车里。

“我要叔叔一道去！”阿宝伸出手来摇着。

“他有事的，我晓得，”阿二大声的说望着车外的国良叔。

“是的，我有事呢，阿宝，我要给你妈妈和婶婶带几个口信，办一些另碎东西，不能陪了。”

“一路去不好吗?”

“路不同，”阿二插入说。“喂，阿三，”他对着汽车向外站着的另一个当差摇着手，“你去把客堂间地板拖洗一下吧，还有那沙发，给揩一下！”

汽车迅速地开着走了，国良叔望见阿二还从后面的车玻璃内朝他望着，露着讥笑的神色。

国良叔满脸通红的呆站着，心在猛烈地激撞。他知道自已做错了事了，他原来不想进客堂去的。只因为他太爱阿宝，固执不过他，就糊糊涂涂的惹下了祸，幸亏得还只碰见阿二，倘若碰见了什么委员客人，还不晓得怎样哩！

突然，他往客堂门口跑去了。

“阿三哥，让我来洗吧，是我弄脏的。”他抢住阿三手中的拖把。

“那里的话，”阿三微笑地凝视着他。“这是我们当差的事。你是叔爷呀……”

国良叔远远摇着头：

“我那里配，你叫我名字吧，我只是一个种田人，乡下人……”

“叔爷还是叔爷呀，”阿三说着走进了客堂，“你不过少了一点打扮。你去息息吧，前两天一定很累了。我们主人是读书知理的，说不定他会叫一桌菜来请请你叔爷，”阿三戏谑似的说，“我看你买一双新鞋子也好哩……”

“那怎敢，那怎敢……”国良叔站在门边又红起脸来，“你给我辞了吧，说我明天一早就要回去的。”

“我想他今天晚上一定会请你吃饭，这是他的老规矩呀。”

“真的那样，才把我窘死了……这怎么可以呵……”

“换一双鞋子就得了，没有什么要紧，可不是嫡堂兄弟吗？”

“嫡堂兄弟是嫡堂兄弟……他……”国良叔说着，看见阿三已经拖洗去了脚印和沙发上的汗渍，便提起门口那双破烂的草鞋。“谢谢你，谢谢你，我真的糊涂，这鞋子的确太不成样了……”

他把那双草鞋收在自己的藤篮内，打着赤脚，走出了李公馆。

“本来太不像样了，”他一路想着，“阿哥做老爷，住洋房，阿弟种田穿草鞋，给别人看了，自己倒不要紧，阿哥的面子可太不好看……阿三的话是不错的，买一双鞋子……不走进房子里去倒也不要紧，偏偏阿宝缠得利害……要请我吃饭怕是真的，不然阿三不会这样说……那就更糟了！他的陪客一定都是做官的，我坐在那里，无论穿着草鞋打着赤脚，成什么样子呀！……”

他决定买鞋子了，买了鞋子再到几个地方去看人，然后到李公馆吃晚饭，那时便索性再和阿宝痛快玩一阵，第二天清早偷偷地不让他知道就上火车搭汽船回到乡里去。

他将买一双什么样的鞋子呢？

阿二和阿三穿的是光亮的黑漆皮鞋，显得轻快，干净又美观。但他不想要那样的鞋子，他觉得太光亮了，穿起来太漂亮，到乡里是穿不出去的。而且那样的鞋子在上海似乎并不普遍，一路望去，很少人穿。

“说不定这式样是专门给当差穿的，”他想，“我究竟不是当差的。”

他沿着马路缓慢地走去，一面望着热闹的来往的人的脚。

有些人赤着脚，也有些人穿着草鞋。他们大半是拉洋车的，推小车的。

“我不干这事情，我是种田人，现在是委员老爷的嫡堂兄弟，”他想，“我老早应该穿上鞋子了。”

笃笃笃笃，有女人在他身边走了过去。那是一双古怪的皮鞋，后跟有三四寸高，又小又细，皮底没有落地，桥似的。

“只有上海女人才穿这种鞋子。”他想，摇了一摇头。

喀槖，喀槖……他看见对面一个穿西装的人走来了，他穿的是一双尖头黄皮鞋，威风凛凛的。

“我是中国人，不吃外国饭，”他想“不必冒充。”

槖落，槖落……有两个工人打扮的来了，穿的是木屐。

“这个我知道，”他对自己说，“十几年前见过东洋矮子，就是穿的这木屐，我是不想穿的……”

旁边走过了一个学生，没有一点声音，穿的是一双胶底帆布鞋。

“扎带子很麻烦，”他想，“况且我不是学生。”

他看见对面有五六个人走来了，都穿着旧式平面的布衫子，一个穿白纺绸长衫的是缎鞋。

“对了，可见上海也不通行这鞋子，我就买一双布的吧，这是上下人等都可穿的。”

铁塔铁塔……一个女的走过去，两个男的走过来，一个穿西装的，两个烫头发的，一个工人打扮的，两个穿长衫的，全穿着皮的拖鞋。

“呵，呵，”国良叔暗暗叫着说，“这拖鞋倒也舒服……只是走不快路的样子，奔跑不得：我不买……”

笃笃笃笃……槖落槖落……喀槖喀槖……铁塔铁塔……

国良叔一路望着各种各样的鞋子，一面已经打定主意了。

“旧式平面布鞋顶好，价钱一定便宜，穿起来又合身份！像种田人也像叔爷，像乡下人也像上海人……”

于是他一路走着，开始注意鞋铺了。

马路两旁全是外国人和中国人的店铺，每家店门口挂着极大的各色布招子和黑漆金字的招牌。门窗几乎全是玻璃的，里面摆着各色各样的货物。一切都新奇，美丽，炫目。

这里陈列着各色的绸缎，有的像朝霞的鲜红，有的像春水的蔚蓝，有的像星光的闪耀，有的像月光的银白……这里陈列着男人的洁白的汗衫和草帽，女人的粉红的短裤和长袜，各种的香水香粉和胭脂……这里陈列着时髦的家具，和新式的皮箱和皮包……这里陈列着钻石和金饰，钟表和眼镜……这里陈列着糖果和点心，啤酒和汽水……这里是车行，……这里是酒馆……这里是旅馆……是跳舞场……是电影院……是游艺场……高耸入云的数不清层数的洋房，满悬着红绿色电灯的广告，……到处拥挤着人和车，到处开着无线电……

“到底是上海，到底是上海！……”

国良叔暗暗地赞叹着，头昏眼花的不晓得想什么好，看什么好，听什么好，一路停停顿顿走去，几乎连买鞋子的事情也忘记了。

鞋铺很少。有几家只在玻窗内摆着时髦的皮鞋，有几家只摆着胶底帆布的学生鞋。国良叔望了一会，终于走过去了。

“看起来这里没有我所要的样子，”他想。“马路这样阔，人这样热闹，店铺这样多，东西都是顶好顶时髦，也顶贵的。”

他转了几个弯，渐渐向冷静的街上走了去。

这里的店铺几乎全是卖杂货的，看不见一家鞋铺。

他又转了几个弯。这种的街上几乎全是饭店和旅馆，也看不见一家鞋铺。

“上海这地方，真古怪！”国良叔喃喃地自语着，“十几年不来全变了样了！从前街道不是这样的，店铺也不是这样的。走了半天，连方向也忘记了。腿子走酸，还找不到一家鞋铺，……这就不如乡里，短短的街道，要用的东西都有卖。这里店铺多，却很少是我们需要的，譬如平面的旧式鞋子，又不是没有人穿……”

国良叔这样想着，忽然惊诧地站住了——他明明看见了眼前这一条街道的西边全是鞋铺，而且玻窗内摆的全是平面的旧式鞋子！

“哦！我说上海这地方古怪，一点也不错！没有鞋铺的地方一家也没有，有的地方就几十家挤在一起！生意这样做法，我真不赞成！……不过买鞋子的人倒也好，比较比较价钱……”

他放缓了脚步，仔细看那玻窗内的鞋子了。

这些店铺的大小和装饰都差不多，显得并不大也并不装饰得讲究。摆着几双没有光彩的皮鞋，几双胶底帆布学生鞋，最多的都是旧式平面的鞋子；缎面的；直贡呢的和布的；黄皮底的，白皮底的和布底的。

国良叔看了几家，决定走到店里去了。

“买一双鞋子，”他说，一面揩着额上的汗。

“什么样的？”店里的伙计问。

“旧式鞋子平面的。”

“什么料子呢？”

“布的。”

“鞋底呢？”

“也是布的。”

伙计用一种轻蔑的眼光望了一下国良叔的面孔，衣服和脚，便丢出一块揩布来。

“先把脚揩一揩吧，”他冷然的说。

国良叔的面孔突然红了起来，心突突地跳着，正像他第一次把脚伸进李公馆客堂内的时候一样心情。他很明白，自己的脚太脏了，会把新鞋子穿坏的。他从地上检起揩布，一边坐在椅上就仔细地揩起脚来。

“就把这一双试试看吧，”那伙计说，递过来一双旧式鞋子。

国良叔接着鞋就用鞋底对着脚底比了一比，仍恐怕弄脏了鞋，不敢往脚上穿。

“太小了，”他说。

“穿呀，不穿那里晓得！”那伙计命令似的说。

国良叔顺从地往脚上套了。

“你看，小了这许多呢。”

那伙计望了一望，立刻收回了鞋，到架子上拿了一双大的。

“穿这一双，”他说。

国良叔把这鞋套了上去。

“也太小，”他说。

“太小？给你这个！”他丢过来一只鞋溜。

“用鞋溜怕太紧了，”国良叔拿着鞋溜，不想用。

“穿这种鞋子谁不用鞋溜呀！”那人说着抢过鞋溜，扳起国良叔的脚，代他穿了起来。“用力！用力踏进去呀！”

“啊啊……踏不进去的，脚尖已经痛了，”国良叔用了一阵力，依然没穿进去，叫苦似的说。

那伙计收起鞋子，用刷子刷了一刷鞋里。看看号码，又往架上望了一望，冷然的说：

“没有你穿的——走吧！”

国良叔站起身，低着头走了，走到玻璃窗外，还隐隐约约的听见那伙计在骂着：“阿木林！”他心里很不舒服，但同时他原谅了那伙计，因为他觉得自己脚原是太脏了，而人家的鞋子是新的。

“本来不应该，”他想。“我还是先去借一双旧鞋穿着再来买新鞋吧。”

他在另一家鞋铺门口停住脚，预备回头走的时候，那家店里忽然出来了一个伙计，非常和气的说：

“喂，客人要买鞋子吗？请里面坐。我们这里又便宜又好呢。进来，进来，试试看吧。”

国良叔没做声，踌躇地望着那个人。

“不要紧的，试试不合适，不买也不要紧的……保你满意……”那伙计说着，连连点着头。

国良叔觉得不进去像是对不住人似的便没主意地跟进了店里。

“客人要买布鞋吗？请坐，请坐，……试试大小看吧，”他说着拿出一双鞋子来，推着国良叔坐下，一面就扳起了他的脚。

“慢些呀，”国良叔不安地叫着，缩回了脚。“先揩一揩脚……我的脚脏呢……”

“不要紧，不要紧，试一试就知道了，”伙计重又扳起了他的脚，“唔，大小。有的是。”

他转身换了一双，看看号码，比比大小，又换了一双。

“这双怎样？”他拿着一个鞋溜，扳起脚，用力给扳了进去。“刚刚合适，再好没有了！”

国良叔紧皱起眉头，几乎发抖了。

“啊呵，太紧太紧，……痛得利害呀……”

“不要紧，不要紧，一刻刻就会松的。”

“换过一双吧，”国良叔说着，用力扳下了鞋子，“你看，这样尖头的，我的脚是阔头的。”

“这是新式，这尖头。我们这里再没有比这大的了。”

“请你拿一双阔头的来吧，我要阔头的。”

“阔头的？哈，哈，客人，你到别家去问吧，我保你走遍全上海买不到一双……你买到一双，我们送你十双……除非你定做……给你定做一双吧？快得很，三天就做起了。”

国良叔摇了一摇头：

“我明天一早要回乡去。”

“要回乡去吗，”那伙计微笑地估量着国良叔的神色，“那么我看你买别一种鞋子吧，要阔头要舒服的鞋子是有的，你且试试看……”

他拿出一双皮拖鞋来。

国良叔站起身，摇着手，回答说：

“我不要这鞋子。这是拖鞋。”

“你坐下，坐下，”那伙计牵住了他，又把他推在椅子上。“这是皮的，可是比布鞋便宜呀，卖布鞋一元，皮拖鞋只卖八角哩……现在上海的鞋子全是尖头的，只有拖鞋是阔头。穿起来顶舒服，你试试看吧，不买也不要紧，我们这里顶客气，比不得卖野人头的不买就骂人……你看，你看，多么合适呀……站起来走走看吧。”

他把那双皮拖鞋套进了国良叔的脚，拖着他站了起来。

“再好没有了，你看，多么合适！这就一点也不痛，一点也不紧了，自由自在的！”

“舒服是真的，”国良叔点点头说，“但只能在家里穿。”

“阿，你看吧，现在那一个不穿拖鞋！”那伙计用手指着街上的行人，“男的女的老的少的，士农工商，上下人等，都穿着拖鞋在街上走了，这是实在情形，你亲眼看见的。你没到过虹口吗？那些街上更多了。东洋人是不穿皮鞋和布鞋的，没有一个不穿拖鞋，木头的或是布的。这是他们的礼节，穿皮鞋反而不合礼节……你穿这拖鞋，保你合意，又大方，又舒服，又便宜。又经穿。鞋子要卖一元，这只值八角。你嫌贵了，就少出一角钱，我们这里做生意顶公道，不合意可以来换的，现在且拿了去吧。你不相信，你去问来，那一家有阔头的大尺寸的布的，你就再把这拖鞋退还我们，我们还你现钱，你现在且穿上吧，天气热，马路滚烫的……我们做生意顶客气，为的是下次光顾，这次简直是半卖半送，亏本的……”

国良叔听着他一路说下去，开不得口了。他觉得人家这样客气，实在不好意思拒绝。穿拖鞋的人多，这是他早已看到了。穿着舒服，他更知道。他本来是不穿鞋子的，不要说尖头，就是阔头的，他也怕穿。若说经穿，自然是皮的比布的耐久。若说价钱，七角钱确实也够便宜了。

“上海比不得乡下，”那伙计仍笑嘻嘻地继续着说。“骗人的买卖太多了，你是个老实人，一定会上当。我们在这里开了三十几年，牌子顶老，信用顶好，就是我们顶规矩，说实话。你穿了去吧，保你满意，十分满意。我开发票给你，注明包退包换。”

那伙计走到账桌边，提起笔写起发票来。

国良叔不能不买了。他点点头，从肚兜里摸出一张钞票，递到账桌上去。随后接了找回的余钱，便和气地穿着拖鞋走出了店铺。

铁塔，铁塔……

国良叔的脚底下发出了一阵阵合拍的声音，和无数的拖鞋声和奏着，仿佛上了跳舞场，觉得全身轻漾地摇摆起来，一路走去，忘记了街道和方向。

“现在才像一个叔爷了，”他想，不时微笑地望望脚上发光的皮拖鞋，“在李公馆穿这鞋子倒也合适，不像是做客，像在自己家里一样，自由自在，大大方方，人家一看见我，就知道我是李国材的嫡堂兄弟了。回到家里，这才把乡下人吓得伸出舌头！……呀！看呵，一双什么样的鞋子呀！……上海带来的！叔爷穿的！走过柏油路，走过水门汀路，进过李公馆的花园，客堂，楼上哩！……哈，哈，哈……”

他信步走去，转了几个弯，忽然记起了一件要紧的事情：

“现在应该到阿新的家里去了。阿宝的娘和婶婶不是要我去看他，叫他给她们买点另碎的东西吗？我在那里吃了中饭，就回李公馆，晚上还得吃酒席的……”

他想着，立刻从肚兜里摸出一张地名来，走到一家烟纸店的柜台口。

“先生，谢谢你。这地方朝那边去的？”他指著那张条子。

“花园街吗？远着呢。往北走，十字路口再问吧。”柜台里的人回答说，指着方向。

“谢谢你，”国良叔说着，收起了条子。

这街道渐渐冷落，也渐渐狭窄了。店铺少，行人也少。国良叔仿佛从前在这里走过似的，但现在记不起这条街道的名字了。走到十字街头，他又拿出纸条来和气地去问一家店里的人。

“这里是租界，”店里的人回答说，“你往西边，十字路口转弯朝北，就是中国地界了，到那里再问。”

国良叔说声谢谢，重又照指示的地方向前走去。他觉得肚子有点饥肚了，抬起头来望望太阳已快到头顶上，立刻加紧了脚步。

他走着走着，已经到了中国地界，马路上显得非常忙乱，步行的人很少，大半都是满装着箱笼什物的汽车，塌车，老虎车，独轮车和人力车。

“先生，谢谢你，这地方往那边走？”国良叔又把纸条递在一家烟纸店的柜台上。

“花园街？——哼！”一个年青的伙计回答说，“你不看见大家在搬场吗？那里早已做了人家的司令部，连我们这里也快搬场了——进来快些不要站在外面，看，那边陆战队来了……”

国良叔慌张地跑进了店堂，心里却不明白。他只看见店堂里的人全低下了头，偷偷地朝外望，只不敢昂起头来，沉默得连呼吸也被遏制住了似的，大家的脸色全变青了，眉头皱着，嘴唇在颤动，显着憎恶和隐怒。

国良叔感觉到发生了什么意外的事，恐惧地用背斜对着街上，同时却用眼光偷偷地往十字路口望了去。

一大队兵士从北跑过了这街道。他们都戴着铜帽，背着皮袋，穿着皮鞋，擎着上了明晃晃的刺刀的枪杆。他们急急忙忙地跑着，冲锋一般，朝西走了去。随后风驰电掣似的来了四辆马特车，坐着同样装式的兵士，装着机关枪；接着又来了二辆满装着同样兵士的卡车；它们在这一家店门口掠过，向西驰去了。马路旁的行人和车辆都惊慌地闪在一边。国良叔看见对面几家的店铺把门窗关上了。

“怎么，怎么呀？……”他惊骇地问。“要打仗了吗；……这军队开到那里去的呢？……”

“开到那里去，”那个年青的伙计说，“开到这里来的——那是××兵呀！……”

“××兵！这里是……”

“这里是中国地界！”

“什么？……”国良叔诧异地问。

“中国地界！”

“我这条子上写着的地方呢？”

“中国地界！××人的司令部！”

“已经开过火了吗？什么时候打败的呢？……”

“开火？”那青年愤愤地说，“谁和他们开火！”

“你的话古怪，先生，不是打了败仗，怎么就让人家进来的呢？”

“你走吧，呆头呆脑的懂得什么！这里不是好玩的，”另一个伙计插了进来，随后朝着那同事说：“不要多嘴，去把香烟装在箱子里！”

那青年默然走开了。国良叔也立刻停了问话，知道这是不能多嘴的大事。他踌躇了一会，决计回到李公馆去，便把那张条子收了，摸出另一张字条来。

“先生，费你的心，再指点我回去的道路吧。”

那伙计望了一望说：

“往东南走，远着呢，路上小心吧，我看你倒是个老实人……记住，不要多嘴，听见吗?”

“是，是……谢谢你，先生……”

国良叔出了店堂，小心地一步一步向那个人指着的方向走了去。他看见军队过后，街上又渐渐平静了，行人和车辆又多了起来，刚才关上的店铺又开了一点门。

“阿新一定搬家了，”他想，“口信带不到，阿宝的妈妈和婶婶的东西也没带回，却吓了一大跳。……幸亏把阿宝送到了上海，总算完了一件大事……我自己在上海住过看过，又买了这一双拖鞋，晚上还有酒席吃，倒也罢了……”

他这样想着，心里又渐渐舒畅起来，忘记了刚才的惊吓，铁塔铁塔地响着，走到了一个十字路口。

但在这里，他忽然惊跳起来，加紧着脚步，几乎把一双拖鞋落掉了……

他看见十字路口站着一个背枪的兵士，正在瞪着眼望他。

“这是东洋兵！……”他恐惧地想，远远地停住脚，暗地里望着他。

但那穿白制服的兵士并没追来，也不再望他，仿佛并没注意他似的，在挥着手指挥车辆。

“靠左靠左！……”他说的是中国话。

国良叔仔细望了一阵。从他的脸色和态度上确定了是中国人，才完全安了心。

“这一带不怕××兵了，”他想，放缓了脚步，“有中国警察在这里的，背着枪……”

铁塔铁塔，他拖着新买的皮拖鞋，问了一次路，又到了一个十字路口。

这里一样站着一个中国警察，背着枪，穿着白色的制服。

国良叔放心地从街西横向街东，靠近了十字路口警察所站的岗位。

“站住！”那警察突然举起枪，恶狠狠地朝着国良叔吆喊了一声。

国良叔吓得发抖了。他呆木地站住脚，瞠着眼睛只是望着那警察，他一时不能决定面前立的是中国人还是××人。

“把拖鞋留下一只来！”那警察吆喊的说，“上面命令，不准穿拖鞋！新生活——懂得吗？”

“懂得，懂得……”国良叔并没仔细想，便把两只拖鞋一起脱在地上。

“谁要你两只！糊涂虫！”那警察说着用枪杆一拨，把一只拖鞋拨到了自己后面的一大堆拖鞋里，立刻又把另一只踢开了丈把远。

国良叔惊慌地跑去拾起了那一只，赤着脚，想逃了。

“哈哈哈哈……”附近的人忽然哄笑了起来。

国良叔给这笑声留住了脚步，回过头去望见那警察正在用枪杆敲着他的鞋底。

“白亮亮的，新买的，才穿上！”他笑说着。随后看见国良叔还站在那里，便又扳起了面孔，恶狠狠地叫着：“只要上面命令，老子刀不留情！要杀便杀！那怕你是什么人；——……”

国良叔立刻失了色，赤着脚仓皇地跑着走了，紧紧地把那一只新买的皮拖鞋夹在自己的腋窝下。

“新生……”他只听清楚这两个字，无心去猜测底下那一个模糊的字，也不问这句话是什么意思，一口气跑过了几条街，直到发现已经走了原先所走过的旅馆饭店最多的街道，才又安心下来，放缓了脚步。

“这里好像不要紧了，是租界，”他安慰着自己说，觉得远离了虎口似的。

但他心里又立刻起了另一件不快的感觉。他看见很多人穿着拖鞋，铁塔铁塔地在他身边挨了过去，而他自己刚买的一双新的皮拖鞋却只孤另另的剩下了一只了。

“唉，唉……”他惋惜地叹着气，紧紧夹着那一只拖鞋。

他仰起头来悲哀地望着天空，忽然看见太阳已经落下了远处西边的一家二层楼的屋顶，同时发现了自己腹中的空虚，和湿透了衣衫的一身的汗。

“完了，完了……”他苦恼地想，“这样子，怎么好吃李公馆的酒席……赤着脚，一身汗臭……”

他已经等待不到晚间的酒席，也不想坐到李公馆的客堂里去。他决计索性迟一点回去，让李公馆吃过了饭。他知道这里离开李公馆已经不远，迟一点回去是不怕的。

“而且是租界……”他想着走进了近边的一家茶店，泡了一壶茶，买了四个烧饼，津津有味地吃喝起来。在这里喝茶的全是一些衣衫褴褛打赤脚穿草鞋的人，大家看见他进去了都像认识他似的对他点了点头。国良叔觉得像回到了自己乡里似的，觉得这里充满了亲气。

“啊呀！……”和他同桌的一个车夫模样的人忽然惊讶地叫了起来。“你怎么带着一只拖鞋呀，老哥？还有一只呢？”

国良叔摇了摇头，叹着气，回答说：

“刚才买的……”

“刚才买的怎么只有一只呀？”

“原来有两只……”

“那么？……”

“给人家拿去了……”

“拿去了？谁呀？怎么拿去一只呢？”

“不准穿……”

“哈哈哈哈……我知道了。”

“你看见的吗？”

“我没看见可是我知道。在中国地界，一个警察，是不是呀？”

“是的老哥。”

“那一只可以拿回来的。”

“你怎么知道呢，老哥？这是上面命令呀。”

“我知道，可以拿回来，也是上面命令。只要你穿着一双别的鞋子，拿着这一只拖鞋去对，就可以拿回来的。”

“真的吗，老哥？”国良叔说着站了起来，但又忽然坐下了。“唉，难道我再出一元钱去买一双布鞋穿吗？……我那里来这许多钱呢？……我是个穷人……”

“穿着草鞋也可以的，我把这双旧草鞋送给你吧。”

“谢谢你，老哥，你为人真好呵，”国良叔又站了起来。“买一双草鞋的钱，我是有的，不容你费心。”

“这里可不容易买到，还是送了你吧……”

“不要瞎想了！”旁边座位上一个工人敲着桌子插了进来。“我也掉过一只拖鞋的，可并没找回来！他说你去对，你就去对吧！……那里堆着好多拖鞋的，山一样高。那里是十字路口，怎么允许你翻上翻下的找！你到局里去找吧，不上一分钟，他会这样告诉你，一面用枪杆敲着你的腿，叫你滚开……你就到局里去找吧，那里的拖鞋更多了，这里来了一车，那里来了一车，统统放在一处……你找了一天找不到，怕要到总栈里去找了，那里像是堆满了几间屋子的……”

“算了，算了，老哥，坐下来喝茶吧，”另一个工人说，“我也掉过一只的，一点不错，你还是把这只拖鞋留起来做个纪念吧……买一双拖鞋，我们要化去几天的工钱，这样找起来，又得少收入了几天工钱，结果却又找不到……”

国良叔叹声气，付了茶钱，预备走了。

“慢些吧，老哥，”坐在他对面的那个车夫模样的人叫着说。“找一张报纸包了这一只拖鞋吧，这地方不是好玩的。人家看见你拿着一只拖鞋，会疑心你是偷来的呢，况且又是新的……”

他从地上检起一张旧报纸给包好了，又递还给国良叔。

国良叔点点头，说不出的感激，走了。

太阳早已下了山，天已黑了。马路两边点起了红绿的明耀的电灯，正是最热闹最美丽的上海开始的时候。

但国良叔却没有好心情。他只想回到乡里去。他的乡思给刚才茶馆里的人引起了。那样的亲切关顾是只有在乡里，在一样地穷苦的种田人中间才有的。“阿哥”，“阿弟”，“阿伯”，“阿叔”，在乡里个个是熟人，是亲人，你喊我，我喊你，你到我家里，我到你家里，什么也给你想到，提到。在李公馆就不同：他不敢跑到客堂间去，不敢上楼去，无论怎样喜欢他的侄儿子阿宝；他的嫡堂兄弟李国材昨夜只在二楼的凉台上见他到了凉台下，说了几句客套话，也便完了，没有请他上楼，也没有多的话。

“做官的到底是做官的，种田的到底是种田的，”他想，感觉到这是应该如此，但同时也感觉到了没趣。

他一路想着，阑珊地走进了李公馆，心里又起了一阵恐慌。他怕他的堂兄弟在客堂间里备好了酒席，正在那里等待他。

“那就糟了，那就糟了……”他想，同时闻到了自己身上的汗臭。

“啊，你回来了吗？我们等你好久了。”阿二坐在汽车间的门口说。“少爷买了许多衣服，穿起来真漂亮，下午三点钟跟着老爷和奶奶坐火车去庐山了。这里有一封信，是老爷托你带回家去的；几元钱，是给你做路费的，他说谢谢你。”

国良叔呆了一阵，望着那一幢黑暗的三层楼，没精打彩地收了信和钱。

“阿三哥呢？”

“上大世界去了。”

国良叔走进阿三的房子，倒了一盆水抹去了身上的汗，把那一只新买的拖鞋和一封信一包钱放进藤篮，做了枕头，便睡了。

“这样很好……明天一早走……”

第二天黎明他起来洗了脸穿上旧草鞋把钱放在肚兜里提着那个藤篮出发了。阿二和阿三正睡得浓，他便不再去惊醒他们，只叫醒了管门的阿大。

他心里很舒畅，想到自己三天内可以到得家乡。十几年没到上海了，这次两夜一天的担搁，却使他很为苦恼，不但打消了他来时的一团高兴，而且把他十几年来在那偏僻的乡间安静的心意也搅乱了。

“再不到上海来了，”他暗暗地想，毫不留意的往南火车站走了。

但有一点他却也不能不觉得怅惘：那便是在乡里看着他长大，平日当做自己亲生儿子一样看待的阿宝，现在终于给他送到上海，不容易再见到了。

“从此东西分飞——拆散了……”他感伤地想。

忽然他又想到了那一只失掉的新买的皮拖鞋：

“好像石沉大海，再也捞不到了……”

他紧紧地夹着那个装着另一只拖鞋的藤篮，不时伸进手去摸摸像怕再失掉似的。

“纪念，带回家去做个纪念，那个人的话一点不错。好不容易来到上海，好不容易买了一双拖鞋，现在只剩一只了。所以这一只也就更宝贵，值得纪念了。它可是在上海买的，走过许多热闹的街道，看过许多的景致，冒过许多险，进过大公馆，现在还要跟着我坐火车，坐汽船，爬山过岭呀……”

他这样想着又不觉渐渐高兴起来，像得到了胜利似的，无意中加紧了脚步。

街上的空气渐渐紧张了，人多了起来，车子多了起来，店铺也多开了门。看看将到南站，中国地界内愈加热闹了。尤其是那青天白日的国旗，几乎家家户户都高挂了起来。

“不晓得是什么事情，都挂起国旗来了，昨天是没有的，”国良叔想，“好像欢送我回家一样……哈哈……说不定昨天夜里打退了东洋人……”

国良叔不觉大踏步走了起来，好像自己就是得胜回来的老兵士一般。

但突然，他站住了，一脸苍白，心突突地跳撞起来。他看见两个穿白制服背着枪的中国警察从马路的对面向他跑了过来。

“哇！……”其中的一个吆喊着。

国良叔惊吓地低下了头，两腿战栗着，不晓得发生了什么事。

“把国旗挂起来！听见吗？上面命令，孔夫子生日！什么时候了？再不挂起来，拉你们老板到局里去！”

“是，是……立刻去挂了……”国良叔旁边有人回答说。

国良叔清醒了过来，转过头去，看见身边一家小小的旧货店里站着一个中年的女人，在那里发抖。

“原来不关我的事，”国良叔偷偷地拍拍自己的心口，平静了下来，随即往前走了。

“上海这地方真不好玩，一连受了几次吓，下次再不来了……”

他挤进热闹的车站，买了票，跟着许多人走上火车，拣一个空位坐下，把藤篮放在膝上，两手支着低垂的头。

“现在没事了，”他想，“早点开吧！”

他知道这火车是走得非常快的，两点钟后他就将换了汽船，今晚宿在客栈里明天一早便步行走山路晚上宿在岭上的客栈里，后天再走半天就到家了。

“很快很快，今天明天后天……”

他这样想着仿佛现在已到了家似的，心里十分舒畅，渐渐打起瞌睡来。

“站起来，站起来！”有人敲着他的肩膀。

国良叔朦胧中听见有人这样吆喊着，揉着眼一边就机械地站起来了。

“给我搜查！”

国良叔满脸苍白了。他看见一大队中国兵拿手枪的拿手枪，背长枪的背长枪，恶狠狠地站在他身边。说话的那个人摸摸他的两腋；拍拍他的胸背，一直从胯下摸了下去。随后抢去了藤篮，给开了开来，一样一样地拿出来。

“谁的?”那长官击着那一只拖鞋，用着犀利的眼光望望鞋，望望国良叔的脚和面孔。

“我的……”国良叔嗫嚅地回答说。

“你的?”他又望了一望他的脚，“还有一只呢?”

“失掉了……”

“失掉了?新买的?”

“昨天买的……”

“昨天买的?昨天买的就失掉了一只?”

“是……”

“在什么地方?……”

“中国地界……”

“放你娘的屁!”那长官一把握住了国良叔的臂膀，“老实说出来!逃不过老子的眼!”

“老爷……”国良叔发着抖，哀呼着。

“给绑起来，带下去，不是好人!”那官长发了一个命令，后面的几个兵士立刻用绳索绑了国良叔的手从人群中拖下了火车，拥到办公室去。

国良叔昏晕了。

“招出来——是××党?老子饶你狗命!”那长官举着皮鞭。

“不，不……老爷……饶命……”

“到那里去?”

“回家去……”

“什么地方?”

“黄山忝……”

“黄山忝?从那里来?”

“黄山忝……”

“什么?在上海做什么?”

“给堂阿哥送孩子来……老爷……”

“什么时候到的?”

“前天……”

“堂阿哥住在那里?”

“地名在这里……老爷……”国良叔指着肚兜。

那长官立刻扳开他的肚兜,拿出纸条来。

“什么?堂阿哥叫什么名字?”

“老爷,叫李国材……是委员……”

“委员?……李国材?……”那长官口气软了。转身朝着身边的一个兵士:“你去查一查电话簿,打个电话去,看有这回事没有!……那么,”他又问国良叔,“你叫什么名字呢?陈……”

“不,老爷……我叫李国良……”

“好,李国良,我问你,那一只拖鞋呢?”

“给警察老爷扣留了说……是路上不准穿拖鞋……说是新生……”

“这话倒有点像了，你且把这一只拖鞋检查一下，”那长官把拖鞋交给了另一个兵士。

“报告！”派出打电话的那个兵士回来了，做着立正的姿势，举着手。“有这件事情，这个人是委员老爷的嫡堂兄弟……”

“得了，得了，放了他吧……”

“报告！”第二个兵士又说了起来，“底底面面都检查过，没看见什么……”

“好，还了你吧，李国良……是你晦气，莫怪我们，我们是公事，上面命令……赶快上火车，只差三分钟了……再会再会……”

国良叔像得到大赦了似的，提着藤篮，举起腿跑了。

“还有三分钟！”他只听见这句话。

“拖鞋带去，拖鞋！”那兵士赶上一步把那一只拖鞋塞在他的手中。

国良叔看见打旗的已把绿旗扬出了。火车呜呜叫了起来，机头在喀喀地响着。

他仓皇地跑向前，连跳带爬地上了最后的一辆车子。

火车立刻移动起来，渐渐驰出了车站。

国良叔靠着车厢昏晕了一阵，慢慢清醒转来，捧着那一只拖鞋。

那一只拖鞋已经给割得面是面，底是底，里子是里子。

“完了，完了！”国良叔叫着说，“没有一点用处，连这一只也不要了！”

他悲哀地望了它一阵，把它从车窗里丢了出去。

过了一会，国良叔的脸上露出了一点苦笑。

银 变

一

赵老板清早起来，满面带着笑容。昨夜梦中的快乐到这时还留在他心头，只觉得一身通畅，飘飘然像在云端里荡漾着一般。这梦太好了，从来不会做到过，甚至十年前，当他把银条银块一箩一箩从省城里秘密地运回来的时候。

他昨夜梦见两个铜钱，亮晶晶地在草地上发光，他和二十几年前一样的想法，这两个铜钱可以买一篮豆芽菜，赶忙弯下腰去，拾了起来，揣进自己的怀里。但等他第二次低下头去看时，附近的草地上却又出现了四五个铜钱，一样的亮晶晶地发着光，仿佛还是雍正的和康熙的，又大又厚。他再弯下腰去拾时，看见草地上的钱愈加多了。……倘若是银元，或者至少是银角呵，他想，欢喜中带了一点惋惜……但就在这时，怀中的铜钱已经变了样了；原来是一块块又大又厚的玉，一颗颗又光又圆的珠子，结结实实的装了个满怀………现在发了一笔大财了，他想，欢喜得透不过气来……于是他醒了。

当，当，当，壁上的时钟正敲了十二下。

他用手摸了一摸胸口，觉得这里并没有什么，只有一条棉被盖在上面。这是梦，他想，刚才的珠玉是真的，现在的棉被是假的。他不相信自己真的睡在床上，用力睁着眼，踢着脚，握着拳，抖动身子，故意打了几个寒噤，想和往日一般，要从梦中觉醒过来。但是徒然，一切都证明了现在是醒着的；棉被，枕头，床子和冷静而黑暗的周围。他不禁起了无限的惋惜，觉得平白地得了一笔横财，又立刻让它平白地失掉了去。失意地听着呆板的的答的答的钟声，他一直反来覆去，有一点多钟没有睡熟。后来实在疲乏了，忽然转了念头，觉得虽然是个梦，至少也是一个好梦，才心定神安地打着鼾睡熟了。

清早起来，他还是这样想着：这梦的确是不易做到的好梦。说不定他又该得一笔横财了，所以先来了一个吉兆。别的时候的梦不可靠，只有夜半十二时的梦最真实，尤其是每月初一月半——而昨天却正是阴历十一月十五。

什么横财呢？地上拾得元宝的事，自然不会有了。航空奖券是从来舍不得买的。但开钱庄的老板却也常有得横财的机会。例如存户的逃避或死亡，放款银号的倒闭，在这天灾人祸接二连三而来，百业凋零的年头是普通的事。或者现在法币政策才宣布，银价不稳定的时候，还要来一次意外的变动。或者这梦是应验在……

赵老板想到这里，欢喜得摸起胡须来。看相的人说过，五十岁以后的运气是在下巴上，下巴上的胡须越长，运气越好。他的胡须现在愈加长了，正像他的现银越聚越多一样——哈，法币政策宣布后，把现银运到日本去的买卖愈加赚钱了！前天他的大儿子才押着一批现银出去。说不定今天明天又要来一批更好的买卖哩！

昨夜的梦，一定是应验在这上面啦，赵老板想。在这时候，一万元现银换得二万元纸币也说不定，上下午的行情，没有人捉摸得定，但总之，现银越缺乏，现银的价格越高，谁有现银，谁就发财。中国不许用，政府要收去，日本可是通用，日本人可是愿意出高价来收买。这是他合该发财了，从前在地底下埋着的现银，忽然变成了珠子和玉一样的宝贵。——昨夜的梦真是太妙了，倘若铜钱变了金子，还不算希奇，因为金子的价格到底上落得不多，只有珠子和玉是没有时价的。谁爱上了它，可以从一元加到一百元，从一千元加到一万元。现在现银的价格就是这样，只要等别地方的现银都收完了，留下来的只有他一家，怕日本人不像买珠子和玉一样的出高价。而且这地方又太方便了，长丰钱庄正开在热闹的毕家碶上，而热闹的毕家碶却是乡下的市镇，比不得县城地方，容易惹人注目；而这乡下的毕家碶却又在海边，驶出去的船只只要打着日本旗子，通过两三个岛屿，和停泊在海面假装渔船的日本船相遇，便万事如意了。这买卖是够平稳了。毕家碶上的公安派出所林所长和赵老板是换帖的兄弟，而林所长和水上侦缉队李队长又是换帖的兄弟。大家分一点好处，明知道是私运现银，也就不来为难了。

“哈，几个月后，”赵老板得意地想：“三十万财产说不定要变做三百万啦！这才算是发了财！三十万算什么！……”

他高兴地在房里来回的走着，连门也不开，像怕他的秘密给钱庄里的伙计们知道似的。随后他走近账桌，开开抽屉，翻出一本破烂的《增广玉匣记通书》出来。这是一本木刻的百科全书，里面有图有符，人生的吉凶祸福，可以从这里推求，赵老板最相信它，平日闲来无事，翻来覆去的念着，也颇感觉有味。现在他把《周公解梦》那一部分翻开来了。

“诗曰：夜有纷纷梦，神魂预吉凶……黄粱巫峡事，非此莫能穷。”他坐在椅上，摇头念着他最记得的句子，一面寻出了“金银珠玉绢帛第九章，”细细地看了下去。

金钱珠玉大吉利——这是第二句。

玉积如山大富贵——第五句。

赵老板得意地笑了一笑，又看了下去。

珠玉满怀主大凶……

赵老板感觉到一阵头晕，伏着桌子喘息起来了。

这样一个好梦会是大凶之兆，真使他吃吓不小。没有什么吉利也就罢了，至少不要有凶；倘是小凶，还不在乎，怎么当得起大凶？这大凶从何而来呢？为了什么事情呢？就在眼前还是在一年半年以后呢？

赵老板忧郁地站了起来，推开《通书》，缓慢地又在房中踱来踱去的走了，不知怎样，他的脚忽然变得非常沈重，仿佛陷没在泥渡中一般，接着像愈陷愈下了，一直到了胸口使他感觉到异样的压迫，上气和下气被什么截做两段，连结不起来。

“珠玉满怀……珠玉满怀……”他喃喃地念着，起了异样的恐慌。

他相信梦书上的解释不会错。珠玉不藏在箱子里，藏在怀里，又是满怀，不用说是最叫人触目的，这叫做露财。露财便是凶多吉少。例如他自己，从前没有钱的时候，是并没有人来向他借钱的，无论什么事情，他也不怕得罪人家，不管是有钱的人或有势的人，但自从有了钱以后，大家就来向他借钱了，今天这个，明天那个，忙个不停，好像他的钱是应该分给他们用的；无论什么事情，他都不敢得罪人了，尤其是有势力的人，一个不高兴，他们就说你是有钱的人，叫你破一点财。这两年来市面一落千丈，穷人愈加多，借钱的人愈加多了，借了去便很难归还，任凭你催他们十次百次，或拆掉他们的屋子把他们送到警察局里去。

“天下反啦！借了钱可以不还！”他愤怒地自言自语的说。“没有钱怎样还吗？谁叫你没有钱！没有生意做——谁叫你没有生意做呢？哼……”

赵老板走近账桌，开开抽屉，拿出一本账簿来。他的额上立刻聚满了深长的皱痕，两条眉毛变成弯曲的毛虫。他禁不住叹了一口气。欠钱的人太多了，五元起，一直到两三千元，写满了厚厚的一本簿子。几笔上五百一千的，简直没有一点希望，他们有势也有钱，问他借钱，是明敲竹杠。只有那些借得最少的可以紧迫着催讨，今天已经十一月十六，阳历是十二月十一了，必须叫他们在阳历年内付清。要不然——休想太太平平过年！

赵老板牙齿一咬，鼻子的两侧露出两条深刻的弧形的皱纹来。他提起笔，把账簿里的人名和欠款一一摘录在一个手折上。

“毕尚吉！……哼！”他愤怒的说，“老婆死了也不讨，没有一点负担，难道二十元钱也还不清吗？一年半啦！打牌九，叉麻将就舍得！——这次限他五天，要不然，拆掉他的屋子！不要面皮的东西！——吴阿贵……二十元……赵阿大……三十五……林大富……十五……周菊香……”

赵老板连早饭也咽不下了，借钱的人竟有这么多，一直抄到十一点钟。随后他把唐账房叫了来说：

“给我每天去催，派得力的人去！……过了限期，通知林所长，照去年年底一样办！……”

随后待唐账房走出去后，赵老板又在房中不安地走了起来，不时望着壁上的挂钟。已经十一点半了，他的大儿子德兴还不见回来。照预定的时间，他应该回来一点多钟了。这孩子做事情真马虎，二十三岁了，还是不很可靠，老是在外面赌钱弄女人。这次派他去押银子，无非是想叫他吃一点苦，练习做事的能力。因为同去的同福木行姚经理和万隆米行陈经理都是最能干的人物，一路可以指点他。这是最秘密的事情，连自己钱庄里的人也只知道是赶到县城里去换法币。赵老板自己老了，经不起海中的波浪，所以也只有派大儿子德兴去。这次十万元现银，赵老板名下占了四万，剩下来的六万是同福木行和万隆米行的。虽然也多少冒了一点险，但好处却比任何的买卖好。一百零一元纸币掉进一百元现银，卖给××人至少可作一百十元，像这次是作一百十五元算的，利息多么好呵！再过几天，一百二十，一百三十，也没有人知道！……

赵老板想到这里，不觉又快活起来，微笑重新走上了他的眉目间。

“赵老板！”

赵老板知道是姚经理的声音，立刻转过身来，带着笑容，对着门边的客人。但几乎在同一的时间里，他的笑容就消失了，心中突突地跳了起来。

走进来的果然是姚经理和陈经理，但他们都露着怆惶的神情，一进门就把门带上了。

“不好啦，赵老板！……”姚经理低声的说，战栗着声音。

“什么？……”赵老板吃吓地望着面前两副苍白的面孔，也禁不住战栗起来。

“德兴给他们……”

“给他们捉去啦……”陈经理低声的说。

“什么？……你们说什么？……”赵老板不相信自己的耳朵，重复的问。

“你坐下，赵老板，事情不要紧，……两三天就可回来的……”陈经理的肥圆的脸上渐渐露出红色来。“并不是官厅，比不得犯罪……”

“那是谁呀，不是官厅？……”赵老板急忙地问，“谁敢捉我的儿子？……”

“是万家湾的土匪，新从盘龙岛上来的……”姚经理的态度也渐渐安定了，一对深陷的眼珠又恢复了庄严的神情。“船过那里，一定要我们靠岸……”

“我们高举着××国旗，他毫不理会，竟开起枪来……”陈经理插入说。

“水上侦缉队见到我们的旗，倒低低头，让我们通过啦，那晓得土匪却不管，一定要检查……”

“完啦，完啦！……”赵老板叹息着说，敲着自己的心口，“十万元现银，唉，我的四万元！……”

“自然是大家晦气啦！……运气不好，有什么法子……”陈经理也叹着气，说。“只是德兴更倒霉，他们把他绑着走啦，说要你送三百担米去才愿放他回来……限十天之内……”

“唉，唉……”赵老板蹬着脚，说。

“我们两人情愿吃苦，代德兴留在那里，但土匪头不答应，一定要留下德兴……”

“那是独只眼的土匪头，”姚经理插入说。“他恶狠狠的说：你们休想欺骗我独眼龙！我的手下早已布满了毕家碶！他是长丰钱庄的小老板，怕我不知道吗？哼！回去告诉大老板，逾期不缴出米来，我这里就撕票啦！……”

“唉，唉！……”赵老板呆木了一样，说不出话来，只会连声的叹息。

“他还说，倘若你敢报官，他便派人到赵家村，烧掉你的屋子，杀死你一家人哩……”

“报官！我就去报官！”赵老板气愤的说，“我有钱，不会请官兵保护我吗？……四万元给抢去啦，大儿子也不要啦！……我给他拼个命……我还有两个儿子！……飞机，炸弹，大炮，兵舰，机关枪，一齐去，量他独眼龙有多少人马！……解决得快，大儿子说不定也救得转来……”

“那不行，赵老板，”姚经理摇着头，说。“到底人命要紧。虽然只有两三千土匪，官兵不见得对付得了，也不见得肯认真对付，……独眼龙是个狠匪，你也防不胜防……”

“根本不能报官，”陈经理接着说，“本地的官厅不要紧，倘给上面的官厅知道了，是我们私运现银惹出来的……”

“唉，唉！……”赵老板失望地倒在椅上，痛苦得说不出来。

“唉，唉！……”姚经理和陈经理也叹着气，静默了。

“四万元现银……三百担米……六元算……又是一千八百……唉……”赵老板喃喃地说，“珠玉满怀……果然应验啦……早做这梦，我就不做这买卖啦……这梦……这梦……”

他咬着牙齿，握着拳，蹬着脚，用力睁着眼睛，他不相信眼前这一切，怀疑着仍在梦里，想竭力从梦中觉醒过来。

二

五六天后，赵老板的脾气完全变了。无论什么事情，一点不合他意，他就拍桌骂了起来。他一生从来不曾遇到过这样大的不幸。这四万元现银和三百担米，简直挖他的心肺一样痛。他平常是一分一厘都算得清清楚楚，不肯放松，现在竟做一次的破了四万多财。别的事情可以和别人谈谈说说，这一次却一句话也不能对人家讲，甚至连叹息的声音也只能闷在喉咙里，连苦恼的神情也不能露在面上。

“德兴到那里去啦，怎么一去十来天才回来呢?”人家这样的问他。

他只得微笑着说：

“叫他到县城里去，他却到省城里看朋友去啦……说是一个朋友在省政府当秘书长，他忽然还做官去啦……你想我能答应吗?家里又不是没有吃用……哈，哈……”

“总是路上辛苦了吧，我看他瘦了许多哩。”

“可不是……”赵老板说着，立刻变了面色，怀疑人家已经知道了他的秘密似的。随后又怕人家再问下去，就赶忙谈到别的问题上去了。

德兴的确消瘦了。当他一进门的时候，赵老板几乎认不出来是谁。昨夜灯光底下偷偷地出现在他面前的时候，完全像一个乞丐：穿着一身破烂的衣服，赤着脚，蓬着发，发着抖。他只轻轻地叫了一声爸，就哽咽起来。他被土匪剥下了衣服，挨了几次皮鞭，丢在一个冰冷的山洞里，每天只给他一碗粗饭。当姚经理把三百担米送到的时候，独眼龙把他提了出去，又给他三十下皮鞭。

“你的爷赵道生是个奸商，让我再教训你一顿，回去叫他改头换面的做人，不要再重利盘剥，私运现银，贩卖烟土！要不然，我独眼龙有一天会到毕家碶上来！”独眼龙踞在桌子上愤怒的说。

德兴几乎痛死，冻死，饿死，吓死了。以后怎样到的家里，连他自己也不知道。

“狗东西！……”赵老板咬着牙，暗地里骂着说。“抢了我的钱，还要骂我奸商！做买卖不取巧投机，怎么做？一个一个铜板都是我心血积下来的！只有你狗东西杀人放火，明抢暗劫，丧天害理！……”

一想到独眼龙，赵老板的眼睛里就冒起火来，恨不能把他一口咬死，一刀劈死。但因为没处发泄，他于是天天对着钱庄里的小伙计们怒骂了。

“给我滚出去，……你这狗东西……只配做贼做强盗！……”他像发了疯似的一天到晚喃喃地骂着。

一走到账桌边，他就取出账簿来，翻着，骂着那些欠账的人。

“毕尚吉！……狗养的贼种！……吴阿贵！……不要面皮的东西！……赵阿大！……混账！……林大富！……屄东西！……赵天生！……婊子生的！……吴元本！猪猡！二十元，二十元，三十五，十五，六十，七十，一百，四十……”他用力拨动着算盘珠，笃笃地发出很重的声音来。

“一个怕一个！我怕土匪，难道也怕你们不成！……年关到啦，还不送钱来！……独眼龙要我的命，我要你们的命！……”他用力把算盘一丢，立刻走到了店堂里。

“唐账房，你们干的什么事！……收来了几笔账？”

“昨天催了二十七家，收了四家，吴元本，赵天生的门给封啦，赵阿大交给了林所长……今年的账真难收，老板……”唐账房低着头，嗫嚅地说。

“给我赶紧去催！过期的，全给我拆屋，封门，送公安局！……哼！那有借了不还的道理！……”

“是的，是的，我知道，老板……”

赵老板皱着眉头，又踱进了自己的房里，喃喃地骂着：

“这些东西真不成样……有债也不会讨………吃白饭，拿工钱……哼，这些东西……”

“赵老板！……许久不见啦！好吗？”门外有人喊着说。

赵老板转过头去，进来了一位斯文的客人。他穿着一件天蓝的绸长袍，一件黑缎的背心，金黄的表练从背心的右袋斜挂到背心的左上角小袋里。一副瘦长的身材，瘦长的面庞，活泼的眼珠，显得清秀，精致，风流。

“你这个人……”赵老板带着怒气的说。

“哈，哈，哈！……”客人用笑声打断了赵老板的语音。“阳历过年啦，特来给赵老板贺年哩！……发财，发财！……”

“发什么财！”赵老板不快活的说，“大家借了钱都不还……”

“哈，哈，小意思！不还你的能有几个！……大老板，不在乎，发财还是发财——明年要成财百万啦……”客人说着，不待主人招待，便在账桌边坐下了。

“明年，明年，这样年头，今年也过不了，还说什么明年……像你，毕尚吉也有……”

“哈，哈，我毕尚吉也有三十五岁啦，那里及得你来……”客人立刻用话接了上来。

“我这里……”

“可不是！你多财多福！儿子生了三个啦，我连老婆也没有哩！……今年过年真不得了，从前一个难关，近来过了阳历年还有阴历年，大老板不帮点忙，我们这些穷人只好造反啦！——我今天有一件要紧事，特来和老板商量呢！……”

“什么？要紧事吗？”赵老板吃惊地说，不由得心跳起来，仿佛又有了什么祸事似的。

“是的，于你有关呢，坐下，坐下，慢慢的告诉你……”

“于我有关吗？”赵老板给呆住了，无意识地坐倒在账桌前的椅上。“快点说，什么事？”

“咳，总是我倒霉……昨晚上输了两百多元……今天和赵老板商量，借一百元做本钱……”

“瞎说！”赵老板立刻站了起来，生着气。“你这个人真没道理！前账未清，怎么再开口！……你难道忘记了我这里还有账！”

“小意思，算是给我毕尚吉做压岁钱吧……”

“放——屁！”赵老板用力骂着说，心中发了火。“你是我的什么人？你来敲我的竹杠！”

“好好和你商量，怎么开口就骂起来？哈，哈，哈！坐下来。慢慢说吧！……”

“谁和你商量！——给我滚出去！”

“阿，一百元并不多呀！”

“你这不要面皮的东西！……”

“谁不要面皮？”毕尚吉慢慢站了起来，仍露着笑脸。

“你——你！你不要面皮！去年借去的二十元，给我三天内送来！要不然……”

“要不然——怎么样呢？”

“弄你做不得人！”赵老板咬着牙齿说。

“哦——不要生气吧，赵老板！我劝你少拆一点屋子，少捉几个人，要不然，穷人会造反哩！”毕尚吉冷笑着说。

“你敢！我怕你这光棍不成！”

“哈，哈，敢就敢，不敢就不敢……我劝你慎重一点吧……一百元不为多。”

“你还想一千还是一万吗？咄！二十元钱不还来，你看我办法！……”

“随你的便，随你的便，只不要后悔……一百元，决不算多……”

“给我滚！……”

“滚就滚。我是读书人从来不板面孔，不骂人。你也骂得我够啦，送一送吧……”毕尚吉狡猾地霎了几下眼睛，偏着头。

“不打你出去还不够吗？不要脸的东西！冒充什么读书人！”赵老板握着拳头，狠狠的说，恨不得对准着毕尚吉的鼻子，一拳打了过去。

“是的，承你多情啦！再会，再会，新年发财，新年发财！……”毕尚吉微笑地挥了一挥手，大声的说着，慢慢地退了出去。

“畜生！……”赵老板说着，砰的关上了门。“和土匪有什么分别！……非把他送到公安局里去不可！……十个毕尚吉也不在乎！……说什么穷人造反！看你穷光蛋有这胆量！……我赚了钱来，应该给你们分的吗？……哼！真是反啦！借了钱可以不还！还要强借！……良心在那里？王法在那里？……不错，独眼龙抢了我现银，那是他有本领，你毕尚吉为什么不去落草呢？……”

赵老板说着，一阵心痛，倒下在椅上。

“唉，四万二千元，天晓得！……独眼龙吃我的血！……天呵，天呵！……”

他突然站了起来，愤怒地握着拳头：

“我要毕尚吉的命！……”

但他立刻又坐倒在别一个椅上：

“独眼龙！独眼龙！……”

他说着又站了起来，来回的踱着，一会儿又呆木地站住了脚，搓着手。他的面色一会儿红了，一会儿变得非常的苍白。最后他咬了一阵牙齿，走到账桌边坐下，取出一张信纸来。写了一封信：

伯华所长道兄先生阁下兹启者毕尚吉此人一向门路不正嫖赌为生前欠弟款任凭催索皆置之不理乃今日忽又前来索诈恐吓声言即欲造反起事与独眼龙合兵进攻省城为此秘密奉告即祈迅速逮捕正法以靖地方为幸……

赵老板握笔的时候，气得两手都战栗了。现在写好后重复的看了几遍，不觉心中宽畅起来，面上露出了一阵微笑。

“现在你可落在我手里啦，毕尚吉，毕尚吉！哈，哈！”他摇着头，得意地说。“量你有多大本领！……哈，要解决你真是不费一点气力！”

他喃喃地说着，写好信封，把它紧紧封好，立刻派了一个工人送到公安派出所去，叮嘱着说：

“送给林所长，拿回信回来，——听见吗？”

随后他又不耐烦地在房里来回的踱着，等待着林所长的回信，这封信一去，他相信毕尚吉今天晚上就会捉去，而且就会被枪毙的。不要说是毕家碶，即使是在附近百数十里中，平常无论什么事情，只要他说一句话，要怎样就怎样。倘若是他的名片，效力就更大；名片上写了几个字上去，那就还要大了。赵道生的名片是可以吓死乡下人的。至于他的亲笔信，即使是官厅，也有符咒那样的效力。何况今天收信的人是一个小小的所长？更何况林所长算是和他换过帖，要好的兄弟呢？

“珠玉满怀主大凶……”赵老板忽然又想起了那个梦，“自己已经应验过啦，现在让它应验到毕尚吉的身上去！……不是枪毙，就是杀头……要改为坐牢也不能！没有谁会给他说情，又没有家产可以买通官路……你这人运气太好啦，刚刚遇到独眼龙来到附近的时候。造反是你自己说的，可怪不得我！……哈哈……”

赵老板一面想，一面笑，不时往门口望着。从长丰钱庄到派出所只有大半里路，果然他的工人立刻就回来了，而且带了林所长的回信。

赵老板微笑地拆了开来，是匆忙而草率的几句话：

惠示敬悉弟当立派得力弟兄武装出动前去围捕……

赵老板重复地暗诵了几次，幌着头，不觉哈哈大笑起来，随后又怕这秘密泄露了出去，又立刻机警地遏制了笑容，假皱着眉毛。

忽然，他听见了屋外一些脚步声，急速地走了过去，中间还夹杂着枪把和刺刀的敲击声。他赶忙走到店堂里，看见十个巡警紧急地往东走了去。

“不晓得又到那里捉强盗去啦……”他的伙计惊讶地说。

“时局不安静，坏人真多——”另一个人说。

“说不定独眼龙……”

“不要胡说！……”

赵老板知道那就是去捉毕尚吉的，遏制着自己的笑容，默然走进了自己的房里，带上门，坐在椅上，才哈哈地笑了起来。

他的几天来的痛苦，暂时给快乐遮住了。

三

毕尚吉没有给捕到。他从长丰钱庄出去后，没有回家，有人在往县城去的路上见到他匆匆忙忙的走着。

赵老板又多了一层懊恼和忧愁。懊恼的是自己的办法来得太急了，毕尚吉一定推测到是他做的。忧愁的是，他知道毕尚吉相当的坏，难免不对他寻报复，他是毕家碶上的人，长丰钱庄正开在毕家碶上，谁晓得他会想出什么鬼计来！

于是第二天早晨，赵老板回到自己的家里去了。一则暂时避避风头，二则想调养身体。他的精神近来渐渐不佳了。他已有十来天不曾好好的睡觉，每夜躺在床上老是合不上眼睛，这样想那样想，一直到天亮。一天三餐，尝不出味道。

“四万元现银……三百担米……独眼龙……毕尚吉……”这些念头老是盘旋在他的脑里。苦恼和气愤像锉刀似的不息地锉着他的心头。他不时感到头晕，眼花，面热，耳鸣。

赵家村靠山临水，比毕家碶清静许多，但也颇不冷静，周围有一千多住户。他所新造的七间两弄大屋紧靠着赵家村的街道，街上住着保卫队，没有盗劫的恐慌。他家里也藏着两枝手枪，有三个男工守卫屋子。饮食起居，样样有人侍候。赵老板一回到家里，就觉得神志安定，心里快活了一大半。

当天夜里，他和老板娘讲了半夜的话，把心里的郁闷全倾吐完了，第一次睡了一大觉，直至上午十点钟，县政府蒋科长来到的时候，他才被人叫了醒来。

“蒋科长？……什么事情呢？……林所长把毕尚吉的

事情呈报县里去了吗？……”他一面匆忙地穿衣洗脸，一面猜测着。

蒋科长和他是老朋友，但近来很少来往，今天忽然跑来找他，自然有很要紧的事了。

赵老板急忙地走到了客堂。

“哈哈，长久不见啦，赵老板！你好吗？”蒋科长挺着大肚子，呆笨地从嵌镶的靠背椅上站了起来，笑着，点了几下肥大的头。

“你好，你好！还是前年夏天见过面，——现在好福气，胖得不认得啦！”赵老板笑着说。“请坐，请坐，老朋友，别客气！”

“好说，好说，那有你福气好，财如山积！——你坐，你坐！”蒋科长说着，和赵老板同时坐了下来。

“今天什么风，光顾到敝舍来？——吸烟，吸烟！”赵老板说着，又站了起来，从桌子上拿了一枝纸烟，亲自擦着火柴，送了过去。

“有要紧事通知你……”蒋科长自然地接了纸烟，吸了两口，低声的说，望了一望门口。“就请坐在这里，好讲话……”

他指着手边的一把椅子。

赵老板惊讶地坐下了，侧着耳朵过去。

“毕尚吉这个人，平常和你有什么仇恨吗？”蒋科长低声的问。

赵老板微微笑了一笑。他想，果然给他猜着了。略略踌躇了片刻，他摇着头，说：

“没有！”

“那末，这事情不妙啦，赵老板……他在县府里提了状纸呢！”

“什么？……他告我吗？”赵老板突然站了起来。

“正是……”蒋科长点了点头。

“告我什么？你请说！……”

“你猜猜看吧！”蒋科长依然笑着，不慌不忙的说。

赵老板的脸色突然青了一阵。蒋科长的语气有点像审问。他怀疑他知道了什么秘密。

“我怎么猜得出！……毕尚吉是狡诈百出的……”

“罪名可大呢：贩卖烟土，偷运现银，勾结土匪……哈哈哈……”

赵老板的脸色更加惨白了，他感觉到蒋科长的笑声里带着讥刺，每一个字说得特别的着力，仿佛一针针刺着他的心。随后他忽然红起脸来，愤怒的说：

“哼！那土匪！他自己勾结了独眼龙，亲口对我说要造反啦，倒反来诬陷我吗？……蒋科长……是一百元钱的事情呀！……他以前欠了我二十元，没有还，前天竟跑来向我再借一百元呢！我不答应，他一定要强借，他说要不然，他要造反啦！——这是他亲口说的，你去问他！毕家碶的人都知道，他和独眼龙有来往！……”

“那是他的事情，关于老兄的一部份，怎么翻案呢？我是特来和老兄商量的，老兄用得着我的地方，没有不设法帮忙哩……”

“全仗老兄啦，全仗老兄……毕尚吉平常就是一个流氓……这次明明是索诈不遂，乱咬我一口……还请老兄帮忙……我那里会做那些违法的事情，不正当的勾当……”

“那自然，谁也不会相信，郝县长也和我暗中说过啦。”蒋科长微笑着说，“人心真是险恶，为了这一点点小款子，就把你告得那么凶——谁也不会相信！”

赵老板的心头忽然宽松了。他坐了下来，又对蒋科长递了一支香烟过去，低声的说：

“这样好极啦！郝县长既然这样表示，我看还是不受理这案子，你说可以吗？”

蒋科长摇了一摇头：

“这个不可能。罪名太大啦，本应该立刻派兵来包围，逮捕，搜查的，我已经在县长面前求了情，说这么一来，会把你弄得身败名裂，还是想一个变通的办法，和普通的民事一样办，只派人来传你，先缴三千元保。县长已经答应啦，只等你立刻付款去。”

“那可以！我立刻就叫人送去！……不，……不是这样办……”赵老板忽然转了一个念头，“我看现在就烦老兄带四千元法币去，请你再向县长求个情，缴二千保算了。一千，孝敬县长，一千孝敬老兄……你看这样好吗？”

“哈哈，老朋友，那有这样！再求情也可以，郝县长也一定可以办到，只是我看孝敬他的倒少了一点，不如把我名下的加给他了吧！……你看什么样？”

“那里的话！老兄名下，一定少不得，这一点点小款，给嫂子小姐买点脂粉罢了，老朋友正应该孝敬呢……县长名下，就依老兄的意思，再加一千吧……总之，这事情要求老兄帮忙，全部翻案……”

“那极容易，老兄放心好啦！”蒋科长极有把握的模样，摆了一摆头。“我不便多坐，这事情早一点解决，以后再细细的谈吧。”

“是的，是的，以后请吃饭……你且再坐一坐，我就来啦……”赵老板说着，立刻回到自己的卧室。

他在墙上按下一个手指，墙壁倏然开开两扇门来，他伸手到暗处，一捆一捆的递到桌上，略略检点了一下，用一块白布包了，正想走出去的时候，老板娘忽然进来了。

“又做什么呀？——这么样一大包！明天会弄到饭也没有吃呀！……”她失望地叫了起来。

“你女人家懂得什么！”赵老板回答说，但同时也就起了惋惜，痛苦地抚摩了一下手中的布包，又复立刻走了出去。

贩卖烟土祸国殃民!

后面登了一大篇的消息，把赵老板的秘密完全揭穿了。最后还来了一篇社评，痛骂一顿，结论认为枪毙抄没还不足抵罪。

这一天黄昏时光，当赵老板的大儿子德兴从毕家碶带着报纸急急忙忙地交给赵老板看的时候，赵老板全身发抖了。他没有一句话，只是透不过气来。

他本来预备第二天亲自到庭，一则相信郝县长不会对他怎样，二则毕尚吉第一次没有到庭，显然不敢露面，他亲自出庭可以证明他没有做过那些事情，所以并不畏罪逃避。但现在他没有胆量去了，仍委托律师出庭辩护。

这一天全城鼎沸了，法庭里挤满了旁听的人，大家都关心这件事情。

毕尚吉仍没有到，也没有出庭，他只来了一封申明书，说他没有钱请律师，而自己又病了。于是结果又改了期。

当天下午，官厅方面派了人到毕家碶，把长丰钱庄三年来的所有大小账簿全吊去检查了。

“那只好停业啦，老板，没有一本账簿，还怎么做买卖呢？……这比把现银提光了，还要恶毒！没有现银，我们可以开支票，可以到上行去通融，拿去了我们的账簿，好像我们瞎了眼睛，聋了耳朵，哑了嘴巴……”唐账房哭丧着脸，到赵家村来诉说了。“谁晓得他们怎样查法！叫我们核对起来，一天到晚两个人不偷懒，也得两三个月呢！……他们不见得这么闲，拖了下去，怎么办呀？……人欠欠人的账全在那上面，我们怎么记得清楚？”

“他们没有告诉你什么时候归还吗？”

“我当然问过啦，来的人说，还不还，不能知道，要通融可以到他家里去商量。他愿意暗中帮我们的忙……”

“唉，……”赵老板摇着头说，“又得化钱啦……我走不动，你和德兴一道去吧：向他求情，送他钱用，可少则少，先探一探他口气，报馆里也一齐去疏通，今天副刊上也在骂啦……真冤枉我！”

“可不是！谁也知道这是冤枉的！……毕家碶上的人全知道啦……”

唐账房和德兴进城去了，第二天回来的报告是：总共八千元，三天内发还账簿；报馆里给长丰钱庄登长年广告，收费五千元。

赵老板连连摇着头，没有一句话。这一万三千元没有折头好打。

随后林所长来了，报告他一件新的消息：县府的公事到了派出所和水上侦缉队，要他们会同调查这一个月内的船只，有没有给长丰钱庄或赵老板装载过银米烟土。

“都是自己兄弟，你尽管放心，我们自有办法的。”

林所长安慰着赵老板说。“只是李队长那里，我看得送一点礼去，我这里弟兄们也派一点点酒钱吧，不必太多，我自己是决不要分文的……”

赵老板惊讶地睁了眼睛，呆了一会，心痛地说：

“你说得是。……你说多少呢？”

“他说非八千元不办，我已经给你说了情，减做六千啦……他说自己不要，部下非这数目不可，我看他的部下比我少一半，有三千元也够啦，大约他自己总要拿三千的。”

“是，是……”赵老板忧郁地说，“那末老兄这边也该六千啦？……”

“那不必！五千也就够啦！我不怕我的部下闹的！”

赵老板点了几下头，假意感激的说：

“多谢老兄……”

其实他几乎哭了出来。这两处一万一千元，加上报馆，县府，去了一万二千，再加上独眼龙那里的四万二千，总共七万一千了。他做梦也想不到，有了一点钱，会被大家这样的敲诈。独眼龙拿了四万多去，放了儿子一条命，现在这一批人虽然拿了他许多钱，放了他一条命，但他的名誉全给破坏了，这样的活着，比一刀杀死还痛苦。而且，这案子到底结果怎样，还不能知道。他反诉毕尚吉勾结独眼龙，不但没有被捕，而且反而又在毕家碶大模大样的出现了，几次开庭，总是推病不到。

而他却每改一次期，得多用许多钱。

这样的拖延了两个月，赵老板的案子总算审给了。

胜利是属于赵老板的。他没有罪。

但他用去了不小的一笔钱。

“完啦，完啦！”他叹息着说。“我只有这一点钱呀！……”

他于是真的病了。心口有一块什么东西结成了一团，不时感觉到疼痛。咳嗽得很利害，吐出浓厚的痰来，有时还带着红色。夜里常常发热，出汗，做恶梦。医生说是肝火，肺火，心火，开了许多方子，却没有一点效力。

“钱已经用去啦，还懊恼做什么呀?”老板娘见他没有一刻快乐，便安慰他说。“用去了又会回来的……何况你又打胜了官司……”

“那自然，要是打败了，还了得!”赵老板回答着说，心里也稍稍起了一点自慰。“毕尚吉是什么东西呢!”

“可不是！……”老板娘说着笑了起来。“即使他告到省里，京里，也没用的!”

赵老板的脸色突然惨白了。眼前的屋子急速地旋转了起来，他的两脚发着抖，仿佛被谁倒悬在空中一样。

他看见地面上的一切全变了样子，像是在省里，像是在京里。他的屋前停满了银色的大汽车，几千万人纷忙地杂乱地从他的屋内搬出来一箱一箱的现银和钞票，装满了汽车。疾驰地驶了出去。随后那些人运来了一架很大的起重机，把他的屋子像吊箱子似的吊了起来，也用汽车拖着走了……

一个穿着黑色袍子，戴着黑纱帽子的人，端坐在一张高桌后，伸起一枚食指，大声地喊着说：

“上诉人毕尚吉，被告赵道生，罪案……着将……”

中 人

端阳快到了。

阿英哥急急忙忙地离开了陈家村，向朱家桥走去。一路来温和的微风的吹拂，使他感觉到浑身通畅，无意中更加增加了两脚的速度，仿佛乘风破浪的模样。

他的前途颇有希望。

美生嫂是他的亲房，刚从南洋回来。听说带着许多钱。美生哥从小和他很要好，可惜现在死了。但这个嫂子对他也不坏，一见面就说：

“哦，你就是阿英叔吗？——多年不见了，老了这许多……我们在南洋常常记挂着你哩！近来好吗？请常常到我家里来走走吧！”

她说着，暗地里打量着他的衣衫，仿佛很怜悯似的皱了一会眉头，随后笑着说：

“听说你这几年来运气不大好……这不必愁闷，运气好起来，谁也不晓得的……像你这样的一个好人！”

最后他出来时，她背着别人，送了他两元现洋，低声的说：

“远远回来，行李多，不便带礼物，……就把这一点点给婶婶买脂粉吧。”

他当时真是感动得快流下眼泪来了！

这三年，他的运气之坏，连做梦也不会做到。最先是死母亲，随后是死儿子，最后是关店铺，半年之内，跟着来。他这里找事，那里托人，只是碰不到机会。一家六口，天天要吃要穿，货价又一天高似一天，兼着关店时负了债，变田卖屋，还偿清不了。最后单剩了三间楼房，一年前就想把它押了卖了，却没有一个顾主。大家都说穷，连偿债也不要。他的上代本来是很好的，一到他手里忽然败了下来，陈家村里的人就都议论纷纷，说他是赌光的，嫖光的，吃光的，没有一个人看得他起。从前人家向他借钱，他没有不借给人家；后来他向人家借钱，说了求了多少次，人家才借给他一元两元。而且最近，连一元半元也没有地方借了。人家一见到他，就远远地避了开去，仿佛他身上生着刺，生着什么可怕的传染病一般。

美生嫂的回来，他原是怕去拜望她的。他知道她有钱，他相信她和别的人一样，见着他这个穷人害怕。但想来想去，总觉得她和他是亲房，美生哥从小和他很好，这次美生嫂远道回来，陈家村里的人几乎全去拜望过她了，单有他不去，是于情于理说不过去的。所以他终于去了。他可没有存着对她有所要求的念头。

然而事情却完全出乎他意料之外，美生嫂一见面就非常亲热，说她常常记念他，现在要他常常到她家里去，并不看见他衣服穿的褴褛，有什么不屑的神情，反而说他是好人，安慰他好运气自会来到的。而且，临行还送他钱用。又怕他难堪，故意说是给他的妻子买脂粉用的。这样的情谊，真是他几年来第一次遇到！

她真的是一个十足的好人，他这几天来还听到她许多的消息。说是她在南洋积了不少的钱，现在回到家中要做慈善事业了：要修朱家桥的桥，陈家村的祠堂，要铺石碶镇的路，要设施粥厂，要开平民医院……一个人有一个人的说法，但总之，全是做好事！她有多少钱呢？有的说是五万，有的说是十万，二十万，也有人说是五十万，总之，是一个很有钱的女人！

于是阿英哥不能不对她有所要求了。

他想，倘若她修桥铺路，她应该用得着他去监工，若她办平民医院，应该用得着他做个会计，或事务员，或者至少给她做个挂号或传达。

但这还只是将来的希望，他眼前还有一个更迫切的要求，必须对她提出。那就是，端阳快到了，他需要一笔款子。

他不想开口向她借钱，他想把自己的屋子卖给她。

他想起来，这在她应该是需要的。她本是陈家村里的人，从前的屋子已经给火烧掉，现在新屋还没有造，所以这次回来就只好住在朱家桥的亲戚家里。她只有两个十几岁的儿子，人口并不多，他的这三间楼房，现在给她一家三口住是很够的，倘若将来另造新屋，把这一份分给一个儿子也很合宜。况且连着这楼房的祖堂正是她也有份的，什么事情都方便。新屋造起了，这老屋留着做栈房也好，租给人家也好。他想来想去，这事于她没有一点害处。至于他自己呢，将来有了钱，造过一幢新的；没有钱，租人家的屋子住。眼前最要紧的是还清那些债。那是万万不能再拖过端阳节了！年关不曾还过一个钱，——天晓得，他怎样挨过那年关的！……

他一想到这里，不觉心房砰砰的跳了起来，两脚有点踉跄了。

阿芝婶，阿才哥，得福嫂，四喜公……仿佛迎面走来，伸着一只手指逼着他的眼睛，就将刺了进来似的……

"端阳到了！还钱来!"

阿英哥流着一头的汗，慌慌张张走进了美生嫂的屋里。

"喔！——阿英叔！……"美生嫂正从后房走到前房来，惊讶地叫着说。

"阿嫂……"

“请坐，请坐……有什么要紧事情吗？怎么走出汗来了……”

“是……天气热了哩……”阿英哥答应着，红了脸，连忙拿出手巾来揩着额角，轻轻地坐在一把红木椅上。

“不错，端阳快到了……”美生嫂笑着说。

阿英哥突然站了起来。他觉得她已经知道他的来意了。

“就是为的这端阳，阿嫂……”他说到这里，畏缩地中止了，心中感到了许多不同的痛苦。

美生嫂会意地射出尖锐的眼光来，瞪了他一下，皱了一皱眉头，立刻用别的话岔了开去：

“在南洋，一年到头比现在还热哩……你不看见我们全晒得漆黑了吗？哈哈，简直和南洋土人差不多呢！……”

“真的吗？……那也，真奇怪了……”阿英叔没精打彩的回答说。他知道溜过了说明来意的机会，心里起了一点焦急。

“在那里住了几年，可真不容易！冬天是没有的，一年四季都是夏天，热死人！吃也吃不惯！为了赚一碗饭吃，在那里受着怎么样的苦呵！……”

“钱到底赚得多……”

“那里的话，回到家来，连屋子也没有住！”

“正是为的这个，阿嫂，我特地来和你商量的……”

美生嫂惊讶地望着阿英哥，心里疑惑地猜测着，有点摸不着头脑。她最先确信他是借钱而来的，却不料倒是和她商量她的事情。

“叔叔有什么指教呢?”她虚心地说。

“嫂嫂是陈家村人，祖业根基都在陈家村……”

“这话很对……”

“陈家村里的人全是自己人，朱家桥到底只有一家亲戚，无论什么事情总是住在陈家村方便……”

“唉，一点不错……住在朱家桥真是冷落，没有几个人相识……”美生嫂叹息着说。

“还有，祖堂也在那边，有什么事情可以公用。这里就没有。”

“叔叔的话极有道理，不瞒你说，我住在这里早就觉着了这苦处，只是……我们陈家村的老屋……”

“那不要紧。现在倒有极合宜的屋子。”

“是怎样的屋子，在那里呀?”美生嫂热心地问。

“三间楼房……和祖堂连起来的……”阿英哥嗫嚅地说，心中起了惭愧。

“那不是和叔叔的一个地方吗?是谁的，要多少钱呢?那地方倒是好极了，离河离街都很近，外面有大墙。”她高兴的说。

“倘嫌少了，要自己新造，这三间楼房留着也有用处。”

“我那里有力量造新屋!有这么三间楼房也就够了。

叔叔可问过出主，要多少钱？是谁的呢？倘若要买，自然就请叔叔做个中人。”

阿英哥满脸通红了，又害羞又欢喜，他站了起来，走近美生嫂的身边，望了一望门口，低声地嗫嚅的说：

“不瞒阿嫂……那屋子：就是……我的……因为端阳到了……我要还一些债……价钱随阿嫂……”

“怎么？……”美生嫂惊诧地说，皱了一皱眉头，投出轻蔑的眼光来。“那你们自己住什么呢？”

“另外……想办法……”

“那不能！”美生嫂坚决的说，“我不能要你的屋，把你们赶到别处去！这太罪过了！”

“不，阿嫂……”阿英哥嗫嚅地说，“我们可以另外租屋的，拣便宜一点，……小一点……有一间房子也就够了……”

“喔，这真是罪过！”美生嫂摇着头说，“我宁愿买别人的屋子。你是我的亲房！”

“因为是亲房，所以说要请阿嫂帮忙……端节快到了，我欠着许多债……无论是卖，是押……”

“你一共欠了许多债呢？”

“一共六百多元……”

“喔，这数目并不多呀！……”她仰着头说。“屋子值多少呢？”

“新造总在三千元以上，卖起来……阿嫂肯买，任凭阿嫂吧……我也不好讨价……”

“不瞒叔叔说，”美生嫂微微地合了一下眼睛，说，“屋子倒是顶合宜的，叔叔一定要卖，我不妨答应下来，只是我现在的钱也不多，还有许多用处……都很要紧，你让我盘算一两天吧。”

“谢谢阿嫂，”阿英哥感激地说，“那末，我过一两天再来听回音……总望阿嫂帮我的忙……”他说着高兴地走了出去。

“那自然，叔叔的事情，好帮总要帮的！”

美生嫂说着，对着他的背影露出苦笑来，随后她暗暗地叹息着说：

“唉！一个男子汉这样的没用！”她摇着头。“田卖完了，还要卖屋！从前家产也不少，竟会穷到没饭吃！……做人真难，说穷了，被人欺，说有钱，大家就打主意这个来借，那个来捐……刚才说不愿意买，他就说押也好，倘若说连押也不要，那他一定要说借了，倒不如答应他买的好……但是，买不买呢？嘻！真是各人苦处自己晓得！……”

美生嫂想到这里，不觉皱上了眉头。

她的苦处，真是只有她自己晓得。现在人家都说她发了财回来了，却不晓得她还有多少钱。

三四年前，她手边积下了一点钱，那是真的。但以后南洋的生意一天不如一天，她的钱也渐渐流出去了。

一年前，美生哥生了三个月的病，不能做生意，还须吃药打针，死后几乎连棺材也买不起，她现在总算带着两个孩子把美生哥的棺材运回来了。这是一件太困难的事！幸而她会设法，这里募捐，那里借债，哭哭啼啼的弄到了三千元路费。回到家里，念佛出丧，开山做坟，家乡自有家乡的老办法，一点也不能省俭。

“南洋回来的！”大家都这么说，伸着舌头。下面的意思不说也就明白了：南洋是顶顶有钱的地方，从那边回来的没有一个不发财。无论怎样办，说是在那边做生意亏了本，没有一个人不摇头，说这是假话。在南洋，大家相信，即使做一个茶房，也能发财。十年前就有过这样的例子。

“那是出金子出珠子的地方，到处都是，土人把它当沙子一样看待的！”从前那个做茶房的发了财回来告诉大家说。大家听了，都想去，只是没有这许多路费。现在美生嫂居然在那边住了许多年，还扛着一口棺材回来，谁能不相信她发了财呢？许多人甚至不相信美生哥真的死了，他们还怀疑着那口棺材里面是藏着金子的。

美生嫂知道穷人不容易过日子，到处会给人家奚落，讥笑，欺侮，平日就假装有钱的样子，现在回到家乡，也就愈加不得不把自己当做有钱的人了。因为虽说她是这乡间生长的女人，离开久了，人地生疏了许多，娘家夫家的亲人又没有一个，孤零零的最不容易立足。所以当人家羡慕称赞她发了财回来的时候，她便故意装出谦虚的样子，似承认而不承认的说：

“那里的话，在南洋也不过混日子，那里说得上发财！有几百万几千万家当，才配得上说发财呢！”

她这么说，听的人就很清楚了。倘若她没有百万家当，几十万是该有的，没有几十万，几万也总是有的。于是她终是一个发了财的人了。

发了财回来，做些什么事呢？大家都关心着这事。有些人相信她将买田造屋，因为她的老屋已经没有了。有些人相信她将做好事，修桥铺路，办医院，因为她前生有点欠缺，所以今生早年守寡，现在得来修点功德。有些人相信她将开店铺做生意，因为她有两个儿子，丈夫死了，不能坐吃山空。大家这样猜想，那样猜想，一传十，十传百，不晓得怎的这些意思就全变成了美生嫂自定的计划，说她决定买田造屋了，决定修桥铺路了，决定……于是今天这个来，明天那个来，有卖田的，卖屋的，有木匠，有石匠，有泥水匠，有中人，有介绍人……

“没有的事！”美生嫂回答说。“我没有钱！”

但是没有一个人相信，只是纷纷的来说情。她没办法了，只得回答说：

“缓一些时候吧，我现在还没决定先做那一样呢。决定了，再请帮忙呀。”

大家这才安心的回去了。而她要做许多大事业也就更加使人确信起来。

“但是，天呵！”美生嫂皱着眉头，暗暗叫苦说。“日子正长着，只有五百元钱，叫我怎样养大这两个孩子呀！……”

她想到这里，心中像火烧着的一样，汗珠一颗一颗的从额上涌了出来。

她在南洋起身时候，对于未来的计划原是盘算得很好的：她想这三千元钱除了路费和美生哥的葬费以外，应该还有一千元剩余，家里有八亩三分田，每年收得四千斤租谷，一家三口还吃不了，至于菜蔬另用，乡里是很省的，每月顶多十元，而那一千元借给人家，倘若有四分利息，每年就有四百元，养大孩子是一点也不用愁的了。那晓得到得家乡，路费已经多用了，葬费又给大家扯开了袋口，到现在只剩下了五百元。租谷呢，近几年来早已打了个大折头，虽然勉强够吃了，钱粮大捐税多，却和拿钱去买差不了好多。乡里的生活程度也早已比前几年高了好几倍，每月二十元还愁敷衍不下了。至于放债，都是生疏的穷人，本来相信不了，放心不下。而现在却也并不能维持她这一生的生活了。

将来怎么办呢？横在她眼前的办法是很显明的：不久以后，她必须把那八亩三分的田卖出去了。发了财的人也卖田吗？那她倒有办法。她可以说，因为自己是个女人，儿子们太小，一年两季秤租不方便，或者说那几亩田不好，她要换好的，或者说……然而，到处都是穷人，大家的田都没有人要，她又卖给谁呢？

“现在，阿英叔却来要我买他的屋子了！咳，咳！”她想到这里，心中说不出的痛苦，简直笑不得，哭不得，连鼻梁也皱了起来。

“呵呵，天气真热，天气真热！”忽然门口有人这样说着走了进来。“美生嫂在家吗？”

美生嫂立刻辨别出来这是贵生乡长的声音，赶忙迎了出去。

“刚才喜鹊叫了又叫，我道是谁来，原来是叔叔！”她微笑着说，转过身，跟在贵生乡长后面走了进来。

“请坐，请坐，叔叔，”她说着，一面从南洋带来的金色热水瓶里倒了一杯茶水，一面又端出瓜子和香烟来。

贵生乡长的肥胖的身子缓慢地坐下椅子，又缓缓地转动着臃肿的头颈，微仰地射出尖锐的眼光望了一望四周的家具，打量一下美生嫂的瘦削的身材，沉默地点了几下头，仿佛有了什么判断似的。

“天气真热，端阳还没到。哈哈！”贵生乡长习惯地假笑着说。

“真是！这样热的天气要叔叔走过来，真是过意不去。我坐在房子里都觉得热哩。”美生嫂说着，用手帕揩着自己的额角，生怕刚才的汗珠给贵生乡长看了出来。

“那到没有什么要紧。我原来是趁便来转一转的。刚才看见阿英从这里走了出去，喜气洋洋的，想必你……”贵生乡长说到这里，忽然停住了，等待着美生嫂接下去。

“还不是和别人一样，叔叔，……我实在麻烦不下去了，这个要我买田，那个要我买屋……你说，我有什么办法?”

“想是阿英要把他的三间楼房卖给阿嫂了。”

“就是这样……”

“哦，答应他了吗?”贵生乡长故意做出惊异的神情问。

“怎么样? 叔叔，你说?”美生嫂诧异地问。

“怪不得他得意洋洋的……咳，现在做人真难……不留神便会吃亏……”

“叔叔的话里有因，请问这事情到底怎么样呢?”

“我说，阿嫂，”贵生乡长像极诚恳似的说，“做人是不容易的，……请勿怪我直说，你到底是个女人家，几年出门才回来，这里情形早已大变了，你不会明白的……现在的人多么滑头! 往往一间屋子这里押了又在那里抵，又在别处卖的!”

“幸亏我还没有答应他!”美生嫂假装着欢喜的说，“叔叔不提醒我，我几乎上当了!”

“你要买产业，中人最要紧。现在可靠的中人真不容易找。有些人贪好处，往往假装不知道，弄得一业二主。老实对阿嫂说，我是这里的乡长，情形最熟悉，也不怕人家刁皮的……”

“我早已想到了，来问叔叔的，所以答应他给我盘算一两天哩。”美生嫂假装着诚恳的说，“给叔叔这么一说，我决计不要那屋子了。”

“喔，那到不必，”贵生乡长微笑着说。“但问阿嫂，那屋子合宜不合宜呢？”

“那倒是再合宜没有了，离街离河都近，又有大墙，又有祖堂。”

“他要多少钱呢？”

“他没说，只说任凭我。说是新造总要三千元。推想起来，叔叔，你说该值多少呢？”

“这也很难说。阿嫂一定要买，我给你去讲价，总之，这是越少越好的。我不会叫阿嫂吃亏。”贵生乡长说着，用手摸着自己的面颊，极有把握的样子。

“房子虽然合宜，不过我不想买。听了叔叔的一番话，我宁愿自己造呢。”

“那自然是自己造的好，”贵生乡长说着，微笑地瞟了她一眼，“不过这事情更麻烦，你一个女人家须得慢慢的来，照我的意思，这里弊端更多着呢：木匠，泥水匠，木行，砖瓦店……况且也不是很快就可以造成的……我看暂时把它拿下，倒也是个好办法，反正化的钱并不多。况且新的造起了，旧的也有用处的：租给人家也好，自己做栈房也好。不瞒阿嫂说，”贵生乡长做出非常好意的神情说，“我倒非常希望便搬到陈家村去：一则我们陈家村人大家有面子，二则阿嫂有什么事情，我也好照顾。现在地方上常常不太平，那一村的人是只顾那一村的人哩。”

贵生乡长说到这里，又瞟了美生嫂一眼，看见她脸上掠过一阵阴影，显出不安的神情来，便又微笑地继续的说：

“我因此劝你早点搬到陈家村去，阿嫂。怕多化钱，不买它也好，化三五百元钱作抵押吧。你要是搬到陈家村去了，那你才什么都方便，什么也不必担心，我们是自己人，我是乡长，什么事情都有我在着……”

美生嫂起先似有点抑不住心中的恐慌，现在又给贵生乡长一席话说得安定了。而且她心里又起了一阵喜悦，觉得他给她出的主意实在不错。那三间楼房原是她所非常需要的，只因自己没有钱，所以决计止住了自己的欲望，只是假意的和阿英哥敷衍，和贵生乡长敷衍。但现在贵生乡长说只要化三五百元钱作抵押，不由得真的动了心了。说是三五百元，也许三百元，二百五十元就够了，她想。她剩余下来的五百元，现在正没处存放，一面也正没屋子住。这事情倒是一举两得。而且，还是体面的事情！还帮了阿英叔的忙，还给了乡长的面子！

“只是不晓得那屋子抵押给别人过没有哩。”

“这个我清楚。阿英是个老实人，他不会骗人的。”

“那末，就烦叔叔做中人，可以吗？钱还是少一点，横直将来要退还的。”美生嫂衷心的说。

“那自然，我知道的。我没有不帮阿嫂的忙。”

贵生乡长笑着说，心里非常的得意　他最先就知道这个女人有点厉害，须费一些唇舌，现在果然落入他的掌中了。

“此外，阿嫂有什么事情，只管来通知我。”他继续着说，“我是陈家村的乡长，陈家村里的人都归我管的。我们有保卫团，谁不服，就捉谁。各村的乡长和上面的区长，县长都是和我要好的哩，哈哈！……”他说着得意地笑了起来，眯着眼。

“叔叔才大福大，也是前生修来的功德。要在前清，怕也是戴红翎的三品官哩。……我们老百姓全托叔叔的庇护呀！”美生嫂感激的说。

“那也是实话，现在的乡长虽没有官的名目，其实也和做官一样了。只是，这个乡长却也委实不易做。”贵生乡长眉头一皱，心里就有了主意。“下面所管的人都是自己人，大小事体颇不容易应付，要能体恤，要能公平。而上面呢，像区长，像县长，得要十分的服从，一个命令下来，限三天就是三天，要怎样就得怎样，绝对没有通融的，尤其是一些户口捐哪，壮丁捐哪，大家拿不出来，只得我自己来垫凑，也亏得村中几个有钱的人来帮助。……譬如最近，上面又有命令下来了，派陈家村筹两千元航空捐，就把我逼得要命，航空捐，从前是已经征收过好几次的，一直到现在，钱粮里还附征着。大家都说不愿意再付了，也没有能力再付了。他们不晓得这次的航空捐和以前是不同的。从前是为的打××人，现在是××，我们陈家村能不捐款吗？但大家是自己人，又不好强迫，你说，阿嫂，这事情怎么办呢？”

“这也的确为难……”美生嫂皱着眉头说，她心里已经感觉到一种恐慌了。她知道贵生乡长的话说下去，一定是要她捐钱的，因此立刻想出了一句话来抵制。“我们在南洋也付过不少的航空捐哩！收了又收，谁也不愿意！”

“可不是呀！”贵生乡长微笑着说。“谁也不愿意！幸亏得几个有钱的帮我的忙，两百三百的拿出来，要不然我这乡长真不能当了，而且，这数凑不成，也是本村的几个有钱的吃亏，上面追究起来，是逃不脱的。……”

贵生乡长说到这里停住了，故意给她一些思索的时间，用眼光钉着她，观察着她的神色。美生嫂是一个聪明人，早已知道这话的意义，把脸色沉了下来。而且那数目使她害怕，开口就是几百元，这简直是要她的命了！她一时怔得说不出话来，脸色非常的苍白。

贵生乡长见着这情形，微笑了一下，又继续的说了：

“阿嫂，这笔款子明天一早就要解往县里去了，我现在还差四百元，你说怎么办呢？照我的意思，——唉，这话也实在不好说，——照我的想法，还得请阿嫂帮个忙，我自己垫一百元，阿嫂捐一百五十元，另外借我一百五十元，以后设法归还你。你说这样行得吗？”

美生嫂一时说不出话来，只是发着怔，过了半晌，才喃喃的像恳求似的说：

“叔叔，这数目太大了……我实在没有……”

“那不必客气，阿嫂有多少钱，这里全县的人都知道的。捐得少了，岂止说出去不好听，恐怕区长县长都会生气哩！……这数目实在也不多，这次请给我一个面子吧，我们总是帮来帮去的——啊，阿嫂嫌多了，就请凑两百元，那一百元我再到别处去设法，过了端节，我代你付给阿英一百元就是……这是最少的数目了，你不能少的，阿嫂，再也不能少了……”

贵生乡长停顿了一下，见美生嫂说不出话来，他又重复的像是命令像是请求的说：

“不能少，阿嫂，你不能少了！”

“叔叔……”

“上面不会答应的呀！”贵生乡长不待她说下去，立刻带着命令和埋怨的口气说。

“唉……”美生嫂叹着气眼眶里隐藏了眼泪。

“我们是自己人，阿嫂，”贵生乡长又把话软了下来，“我知道阿嫂的苦处，美生哥这么早过了世，侄子们还正年少，钱是顶要紧的，所以只捐这一点，要是别个当乡长，恐怕会硬派你一千元呢。”

“我好命苦呵，这么早就……”美生嫂给他的话触动了伤处，哽咽地说，眼泪流了下来。

“那也不必，侄子们再过几年就大了，一准比爷会赚钱……喔，阿英那里的价钱，我给你去办交涉，我做中人再好没有了，”贵生乡长得意地安慰她说。“阿嫂在这里出了捐钱，我给你在那里压低价钱，准定叫你不吃亏，你看着吧！”

美生嫂痛苦地用手绢掩着润湿的眼睛，一句话也不说。她明白贵生乡长每一句话的用意，恨不得站起来打他几个耳光，但她没有勇气。她不相信那是什么航空捐，她知道这只是借名目饱私囊——明敲她的竹杠！而且是不能不拿出来的了。她只得咬着牙齿，勉强地装出笑脸说：

“就依叔叔的话……以后也不必还了……”他想，还是索性做个人情，反正是决没有归还的希望的。

她站起来走到了另外一间房子去。

“那不必，那不必，房子，我会给弄好的。”贵生乡长满肚欢喜的说。

他听见房子里抽屉声，钥匙声，箱子声先后响了起来，中间似乎还夹杂着叹息声，啜泣声。

过了许久，美生嫂强装着笑脸，走了出来，捧着一包纸票，放在贵生乡长的面前，苦笑着嘲嘘似的说：

“只有这么一点点呢，叔叔……”

“呵呵呵，真难得……”他连忙点了一点数目，站起身来。“再会，再会！”他冷然地骄傲地走了，头也不回，仿佛生了气的样子。

“好不容易。这女人……”他一路想着，跨出了大门，不再理会美生嫂在后面说着“慢走呵，叔叔”的一套话。

“这简直像是逼债！”美生嫂痛恨地磨着牙齿，自言自语的说。“我前生欠了他什么债呀！……”

她禁不住心中酸苦，退到床上，痛哭了起来。

第二天中午，阿英哥急忙地高兴地从陈家村跑到来听回音的时候，美生嫂刚从床上起来。

阿英哥想，这事情是一定成功的，这屋子给她住，没有一样不合宜。至于价钱，端阳节快到了，无论她出多少，他都愿意，横直此外也找不到别的主顾。

“阿嫂，我特来听消息，我想你一定可以帮我的忙哩。”他一进门就这么说。

美生嫂浮肿着脸，一时不晓得怎么回答，她哭了一夜全没想到见了他怎样说，却不防他很快的就来了。

“喔，”她嗄着声音说，脸色有点苍白。她想告诉他不买了，却说不出理由来。她不能对他说没有钱。但她皱了一下眉头，立刻有了回答的话。于是她苦笑地说：

“叔叔，我已经想过了，那房子的确再合宜也没有了……但是，我们总得都有一个中人，才好说话呢。……我已请了乡长做中人，你也去找一个中人吧……我们以后就请中人和中人去做买卖……”

“那自然，阿嫂不说，我倒忘记了，”阿英哥诚实的说，“这是老规矩，我就去找一个中人和乡长接洽去……”

他说着，满脸笑容的别了美生嫂走了。

他觉得他的买卖已经完全成功，端阳节已经安然渡过了。

头　奖

“○○五一二八！……○○五一二八！……”申生像背书似的喃喃的默诵着，大踏步向西走去。

这是一个多么吉利的号码！随手检来，恰如暗中有神选给他一样：○○五一二八！○○，是暗指着第二期；五是五十万元的头奖；一二八便是报复“一·二八”沪战的意思了！怎样报复？除了航空建设，可不是没有别的路了？五年以后，航空建设完成，××人那小鬼，可该逼到海底去了！看，今年正是中华民国二十二年，再过五年，就是二十八，合着奖券的末二字哩！无疑的，这便是第二期航空建设奖券的头奖了！这○○五一二八！

“哈！”他每次想到这上面，便不觉得笑出声来。五十万元，这许多钱做什么用呢？他早已确定了：买地皮，造洋房，置汽车；吃得好穿得好是小事！会给人家绑票不会呢？他也早已想到了：雇红头黑炭看前后门，罗宋人做保镖，再买铁甲衣穿在身上，连汽车里也装上无线电，这可安如泰山了！钱呢，汇丰，中国，中南，四明，实业，商业，垦业，盐业，农业，国华，中央，……不论银行的大小；都多少去存上一点。倒闭了这家，还有那家，倒闭那家，可还有这家，是不怕全丢了的。

五十万元！这数目多么惊人！一百元一张的钞票，数起来会叫人眼花；换做洋钱，要堆一幢整整的三层楼洋房；倘若是角子铜板，所有黄浦江里的轮船怕还装不下哩！然而那是蠢货做的事情，他决不会那么做！他只要一张薄薄的支票就够了——上面写着：五十万元！想想看吧，单是利息，一年可以得到多少？

“哈哈！”他不觉又笑出声了。

〇〇五一二八！……〇〇五一二八！……

这数字仿佛大世界屋顶上的红绿电光字，从〇亮到八，一会儿熄灭了，一会儿又从〇亮到八，川流不息的在他的脑子里兜着圈子。

他大踏步向西走着，没留心还在马浪路口的辣斐德路上。他只觉得逸园就在眼前，正如头奖五十万元就在他的口袋里一样。在平日，这些路他可懒得跑，不免要坐一辆黄包车，但今天可不同了，一则他觉得黄包车要在每一个十字路口等巡捕的指挥，还不如自己走的快，二则黄包车东冲西撞，倒不如自己走的安稳——他现在的生命是最重要的，半分钟后，他便是一个五十万财产的富翁呢！

富翁富翁，有钱使得鬼推磨，他得看见四围的人的态度全改变了；现在冷着面孔的人，那时将笑嘻嘻地眯着眼向他迎了过来；现在昂着头傲慢地走着的人，那时将屈着腰弯着背对他行礼；现在轻蔑地叫他名字的人，那时将恭敬地称他做老爷，先生了！

○○五一二八！……○○五一二八！……

这数字又上来了，好像谁躲在他脑子里，用打字机打着那数目似的，他还隐约的听得见那“得得”的声音。

现在是在萨坡赛路口的辣斐德路了，像到了亚尔培路的逸园门口一样。他立刻就要听见那头奖的号码：○○五一二八！……○○五一二八！……

“哈！”他不觉得又笑出声来。

从今天起，他不再往那讨厌的局里去了！什么科长，什么局长，全是混账东西！自己不会办事，尽摆臭架子，威风十足的！他的气呕得够了。苦也受得够了，只拿到三十五元一个月。伙食还吃自己，住也住自己！现在他可连科长局长也不高兴做了！谁来摇头摆尾地求他去维持现状，他可要用脚踢他出去！倘若是所长部长那种好缺，他也得摆摆架子，考虑考虑的！

○○五一二八！……○○五一二八！……

已经是吕班路了。到卢家湾去的电车上，开车的正在用力踏着这响亮的数字，他知道头奖的号码一定是○○五一二八，那开车的！

他的心跟着那声音突突跳了起来，脚步愈加快了。虽然这是艰苦的，他可管不了这许多，正如那买〇〇五一二八奖券的十元钱一样。

那是他偷当了老婆的一只唯一的金戒指而来的。后来给老婆发觉了，曾经吵过一次大架。她不相信会中头奖，连末奖也不相信。她说凡是奖券都是骗人的，作弊的。要发早就发了，还会等到今日，她说：而戒指呢，这是她最后的一只，她要留着救急的，那一天局里欠薪，她才拿出来。大不了，一元钱买一条就够了，做什么这样没有主意，疯子似的买了全张！但是他不服，他解说给她听，这是国民政府发行的，决不像别的奖券似的滑头滑脑，会作弊；要发早就发了？没有这事情，朱买臣是比他的年纪还大些的时候发的财；金戒指呢，等他以后中了头奖，要一万只也办得到；所以要买全张，是他对于五万元钱眼不开，要发就索性大发一场，痛痛快快！但是她还不服，他们终于相骂了，而且还扯破了衣服，打碎了碗盏，连无辜的一个十二岁的孩子也被他们打了一顿出出气。

〇〇五一二八！……〇〇五一二八！……

二十一路的公共汽车轧轧地发出这号码，呜呜地叫着头奖，风狂电掣地卷着脚跑着，已经过了马斯南路，到了金神父路，把他掷在十字路口了。

“去吧！快快等你的头奖！〇〇五一二八!”它好像

对他这样说着。

是的，怎么不快点去呢！这街上可不是每一个人都急急忙忙地跑向亚尔培路去？谁不想等那头奖？谁不相信他袋里的号码就是头奖的号码？但是他们全错了！头奖是只有一个的！〇〇五一二八，也只有一个！那可是他的！大家不过来凑凑热闹，做他的陪客罢了？

“哈哈！”他又不觉得笑出声来了。

〇〇五一二八！……〇〇五一二八！……

他看见那特写着头奖的号单了！每一个人的脚正像印刷机似的一上一下的动着，很明显的印下了那号码：〇〇五一二八！……〇〇五一二八！

他被这些无穷数的号单左右前后的拥着，忘记了什么时候到的亚尔培路，什么时候转的湾，什么时候进的逸园的门。

他已经坐在前几排的人群中了。

时候还没有到。人们已经在静肃地念着那头奖的号码：

〇〇五一二八！……〇〇五一二八！……

“哈哈！”他又笑了。

他看见各色各样的人都在他的周围等候着，像在恳求他施舍一点给他们一样。那里有穿着褴褛衣服的工人，长袍马褂的商人，中山装的学生，西装的教授，摩登的姑娘，高贵的太太，政府的官吏，党部的职员，以及洋人，以及……

“现在可认识我了!”他想，“我就是头奖，我就是〇〇五一二八呢！……”

〇〇五一二八！……〇〇五一二八！……

他听见许多人踏着这号码走近来了。那是法国的巡捕和中国的巡捕，他们拿着大棍，带着手枪，在他的周围站住了。他们知道他就是〇〇五一二八，所以他们来保护他了，用不着他自己叫唤的。站在远处人群中的，就是在监视着那野心家，那些强盗。

〇〇五一二八！……〇〇五一二八！……

播音机和摄影机在他下面的台边预备好了，正对着他的面孔，正对着〇〇五一二八!

他抬起头来，台棚上结着彩旗，也刻着〇〇五一二八！台上的三个辉煌夺目的金色的铜球——呵！金色的铜球！他的头奖就在这里了！〇〇五一二八！……〇〇五一二八！……这里面就是他的财产，他的生命，他的幸福!

有几个穿蓝长袍的听差走上来了，两个人握着中间那个最大的乙球的摇柄，一个人揭开了它的顶和底，开始摇动了。那是空的。他们证明给他看这里面并没有什么弊病，顶和底只是漆黑的圆筒，正像两个〇〇；那希呼希呼的摇声，可就在喃喃地重复着“五一二八!”……“五一二八!”……五十万元就在那里翻动了，阳光照得一闪一闪的，好不美丽！世上没有比这更美丽了！大的停下，两个小的甲丙铜球也继续地这样试验过了。

台下有人搬出金漆的箱子来，从那里一盘一盘的倒出黑色的小球，像珠子一般，数不清楚。真的，五十万元头奖不晓得有多少珠子好换呢！他们把这小球按续不断的往那铜球里倒下去，发出郎郎的声音，正如五十万元现洋互相触着的声音，多么可爱呵！

〇〇五一二八！……〇〇五一二八！……

三个金色的铜球在同时旋转了，那声音更加宏亮了；玲琅！玲琅！〇〇五一二八！……〇〇五一二八！……这数字在那里搅散了，错综了，又凑上了！

摇手疲乏地停下来，台下有一个中国人和洋人站起来报告了。两个都是老头子，头上光光的秃尽了发，正像两个〇字。

开始摇奖了！台下两旁的书记官，新闻记者，都已预备好了钢笔和纸头。看台上坐着的，站着的，也都跟着从衣袋里抽出了铅笔和纸头。所有的眼光全集中在金色的铜球上。人群静默着，如等待基督降临一般的肃穆。每一个耳朵都竖起了，预备接受那头奖的号码：〇〇五一二八！

三个金色的铜球又玲琅玲琅的旋转了三次，现在是倒转的，他们要把那〇〇五一二八倒出来。

摇手停止时，站在旁边的三个人把底盖转了一转，便有三个小球先后的在金色的铜溜上辘辘地滚了下来，一直落到三个玻璃杯里，发出玎玲的声音。

一个戴着玳瑁边眼镜的人左手握着乙球里滚出来的小球，右手握着丙球里滚出来的小球，他要报告〇〇五一二八的号码了。另一个戴眼镜的人把甲球里滚出来的小球握在手里，他管的是头奖……

申生的心被他们握住了。他的生命就在他们的手里。他的〇〇五一二八头奖号码立刻要被他们当众宣布了。那是生与死的裁判，幸与不幸的决定，他看见整个的人群全在那里颤抖了。

看呵，那个戴玳瑁边眼镜的人在注视手中黑球上的细小如蝇嘴的号码了……他张开口，庄严地报告了：

“〇〇……”那声音像铁一样。

申生的全身筋络都涨绽了。他像坐在热锅里透不出气来，他的眼前笼罩下浓厚的白雾，他的耳内哄哄地有什么在响，现在仿佛不再是那〇〇五一二八头奖号码了，现在是整个的人群的喊彩声，鼓掌声，对他庆贺的声音了，……呵！这样快乐的日子，他从来不曾有过！他站起来了，他要走了，他的任务已经终了，他不必再在会里陪着别人……

他抹了一抹眼睛，定一定神……突然，他战栗起来了？

他看见了台上的那块黑板上的白色号码：〇〇六六

六五！底下是“第七奖”！

像有谁用冷水从他的头上泼了下来，他的每一根骨头都冷澈得痉挛起来，又呆木地坐下了。他现在才记得刚才只听到两个〇字，并没有用心的听下去。

谁说的〇〇五一二八？谁敢哄骗他？

他用两手紧紧地抓住了自己的衣襟，咬着牙齿。他又站起来了，他要跳到那台上去，打毁一切，赶走那些可恶的人！……

“喂！坐下来！头奖会来的！静一点吧！急什么呀！”有人拍着他的背，把他按倒在座位上。

他觉得这是一种侮辱，几乎回头伸出拳去，但他又立即止住了，而且回过头去向那不相识的人笑了一笑。他觉得那个人的话不错：头奖会来的！现在还只开始，急什么呢？这成千成万的人，谁不在静静地等着？头奖〇〇五一二八是早已注定了的，迟早总会出来！〇〇五一二八不能让别人走头，不能让别人分一点小小的喜悦吗？七奖算什么？只得到两百元钱！买摩脱卡还不够！〇〇五一二八可不要这七奖！

他平静了。他的眼光重复注射到那黑板上去，那里换了号码了：一二五一六七，七奖。

第二次摇出了，现在是第三次了。他听见报告的数目是：“三八九二二五，七奖！”

“三八九二二五！七奖！”另一个人又重复的报告说。

他安静的往台下望了去。

第四次小球又从铜溜上辘辘地滚到玻璃杯子里了。“〇六〇九二二！”一个人报告说。“七奖！”旁边那一个接着报告。随后一个听差提过来一块木板，那里有三个小孔，他们又把这三个小球摆在那里，交他端给另外一个戴玳瑁眼镜的人；那人望着小球上的号码，对着播音机又重复地报告了一遍，即将甲球里出来的号码小球收了，那听差便把剩下的两个端给了台上的人，那人高举起两手表示已经取到，揭开乙丙铜球的盖，又投了进去。

玲琅！玲琅！第五次摇奖接着来了：仍是七奖：一四六五七一。

玲琅！玲琅！第七次六奖：四〇五三二二。伍百元！

玲琅！玲琅！接着第七奖：三〇四三一一，一二五四二三，一三八二六八，二六一九五〇，三四八〇二五，一四二二四九，〇九八三二〇……

玲琅！玲琅！五奖出来了：二六一九五六！两千元呢！

申生的心又有点动了。

玲琅！玲琅！〇〇的号码又来了：〇〇二一八九，〇〇六三七六，六奖；〇〇四九六七，七奖！

谁的呢？没有第二个人有这运气，除了他！

他的心又突突地跳动了起来。

〇〇五一二八！……〇〇五一二八！……

那铜球，那人群，又在大声地呼叫这号码了。棚顶上显露着的小孔不就是〇〇，纵横地交叉着的杆子，可就是五一二八了！申生抬起头来，望着自己座位上的屋顶，那些一盏一盏的白色的圆电灯也排成了〇字，纵横的黑栏杆也摆出五一二八的形式了！

人们抬着头，握着笔和纸，竖着耳朵做什么？不是在等待那头奖〇〇五一二八吗？

〇〇五一二八！……〇〇五一二八！……

空气在颤动，它的波浪是〇〇五一二八！

从篾棚里漏进来的阳光和棚顶下的电光在铜球上闪烁着，也幻出〇〇五一二八！

他相信他的〇〇五一二八立刻要来了！立刻！

玲琅！玲琅！一六五二〇三，一一〇七五一，二〇二八七六，四八五四五〇，……七奖！一一三九七三，四九六二二三，二七二六九七，三二六一〇八！……六奖！……

玲琅！玲琅！三奖也出来了！三奖！一八五四六九！五万元！

现在到了门口了！到了五十万元的门口了！

〇〇五一二八！……〇〇五一二八！……

玲琅！玲琅！二一三五七八，二六一八六四，三四二〇三五，三四八三八三，……七奖！

〇〇五一二八！……〇〇五一二八！……

玲琅！玲琅！四六四九五四，四八三〇八二，一四四八七四，一五二四七六……七奖！

〇〇五一二八！……〇〇五一二八！……

玲琅！玲琅！〇〇又来了！六奖：〇〇二二四三！七奖！〇〇〇八八〇！

“〇〇五一二八！……”报告的声音。

现在他可没有听错了！头奖终于来了！天呵！这是那个戴玳瑁边眼镜的人喊出来的！那声音，钟一样，空气在嘶鸣，屋顶在和唱，〇〇五一二八！……〇〇五一二八！……

地在他的脚下转动起来，他觉得他的每一根血管在劈拍地爆烈着……世界变换了，他不是从前那个申生了。从前的申生已经幻化，现在的他是一个全新的申生，皮和肉，筋和骨，连血液也全换了新的……

“七奖！”他忽然听见另一个重复地报告的人的话。

什么？

他站了起来！

〇〇五一二八是第七奖吗？两百元？

他朝那台上的黑板望去：底下是一个七字！

不会弄错吗？岂有此理！

他把眼光钉住了那黑板，七！七！七！怎样也是七！

他从头读了起来。〇〇五一二八，七！〇〇五一二八，七！〇〇五一二八，他坐下了。七！

两百元，谁稀罕！

不信！再读过！

他又站了起来，眼光钉住了那黑板：

〇〇五一四八，七！〇〇五一四八，七！〇〇五一四八，七！

号码是对的！那个“七”字还是照前那样明显！

他往左边一个人的日记簿上望了去：

〇〇五一四八，七！

他望右边一个人的手折上望去：

〇〇五一四八，七！

他又往前面一个人的纸上望去：

〇〇五一四八，七！

什么？他依然不相信这个。他回转头去问后面的人了：

“几奖，老兄？”

“七奖！〇〇五一四八吗？”

“是的，一二八！”

“不，一四八！”

他愕然了。“〇〇五一二八！”他重复地说。

“不！四八！〇〇五一四八！你不看见黑板上那么大的字吗？”

他清醒了。黑板上原是个“四”字，连刚才自己都是这样念着，却没注意到这中间的分别。

“这号码本是太容易弄错了，”他想。“说不定那两个报告的人把头奖看做了七奖。把二八看做了四八的！那样小的球，上面怎样刻下四个号码，报告的人又怎能不看错呢？……”

看吧，那报告的人已经换班了，他的嘴已经歪曲起来，他的舌头已经生硬了。倘不换一个人，无疑的他将目瞪口呆起来的！谁不会疲倦呢，眼睛只是看着数字。嘴吧只是报告数目？就是申生自己，他也早已看得眼花，听得耳聋，非常的疲乏了。他早上只吃一碗稀饭，肚子已经咕噜咕噜空叫了半天。他现在几乎站不起来，动弹不得了。他的身子仿佛铁一样的重。〇〇五一二八！……〇〇五一二八！……

什么时候出来呢？他相信不远了。他看见那一个〇〇五一的号码已经放入乙球里去，不久又会出来的。

玲琅！玲琅！三〇四七三八，二二五二九二，一九六一一九，一八三五二二……七奖……六奖……

七奖……六奖……七奖……六奖……

“只是七奖六奖！”他听见身边的一个人不耐烦的说。“摇了多少次数了，还不看见头奖！”

“你想得到头奖吗？”别一个人说，“不要发痴吧！中一个两百元钱的七奖，就够好了！”

“我宁可没有这两百元！眼不开！”

“那末中头奖末奖，得二十元，你可满足了？看着吧！恐怕连这也没有呢！上次杨买办一个人买了三百张，可中过一张第七奖？……”

申生的心给他泼了一桶冷水，弄得冰冷了。他觉得这话仿佛是故意说给他听的：不要说头奖，连末奖也不会得到哩！

可不是？已经摇了几个钟头了；五百号的七奖快摇完了，〇〇五一二八还没有摇出！越迟下去越不容易摇出，连七奖也没有了！两百元，虽说眼不开，也可买许多东西，吃上一两个月，给老婆赎出金戒指来哩！也罢，就摇一个七奖吧！

〇〇五一二八！……〇〇五一二八！……

玲琅！玲琅！三八一三四五，四六七八二六，四九七九七二；一二〇七六七，三〇四九四三；二五〇四六四，〇七八六三三；一六五一七七；一四三二三〇；一三一五四七……七奖，六奖，五奖，四奖，三奖，二奖，接连的来了！可没有〇〇五一二八！然而头奖也还没有出来，二奖也还有一个，三奖两个，以下还多着！

〇〇五一二八！……〇〇五一二八！……

也许就是那一个头奖吧？或者二奖三奖吗？四奖五奖也好的！一定要给六奖七奖也就算了！

〇〇五一二八！……〇〇五一二八！……

玲琅！玲琅！七奖，六奖，六奖，七奖，七奖，……又接连的来了。可仍然没有〇〇五一二八！

难道一定就是头奖吗？

到也说不定！头奖只有一个小球，原来是不容易出来的，而且还要和乙球的○○五一，丙球的二八凑合起来，在一个时间里呵！迟早会来的，迟早！

○○五一二八！……○○五一二八！……

玲琅！玲琅！三个铜球又在转动了。为什么？为的头奖！为的○○五一二八！

玲琅！玲琅！屋顶也在转动了。为什么？为的头奖！为的○○五一二八！

玲琅！玲琅！人群的头也在转动了。

玲琅！玲琅！他的头也在转动了。——不，连他的身体也在转动呢！玲琅！玲琅！……○○五一二八！……○○五一二八！……

○○五一二八！……○○五一二八！……

他的头低下去了，脚竖起来了，一个跟斗翻过来了……玲琅！玲琅！

他的头又低下去了，脚又竖起来了，一个跟斗又翻过来了……玲琅！玲琅！○○五一二八！……○○五一二八！……

玲琅！玲琅！○○五一二八！○○五一二八！……玲琅！玲琅！……○○五一二八！○○五一二八！……

还多着呢，这些小球！三六九三八六，四九八四七七，○二一四八○，○九四二○八，四○七二七一，三六四八四一，〇七八三九三，二五三五〇一……左一个右一个前一个后一个贴着压着推着拥着紧紧的当着围着挤着玲琅！玲琅！谁都想早从这底下的小洞里钻了出去！

玲琅！玲琅！〇〇五一二八！……〇〇五一二八！……

整个的人群的头做一起低下去了，所有的脚全竖起了，大家翻了一个跟斗了……玲琅！玲琅！〇〇五一二八！……〇〇五一二八！……

玲琅！玲琅！〇〇五一二八！……〇〇五一二八！……

屋顶低下去了，座位高起来了，翻了一个跟斗了……玲琅！玲琅！〇〇五一二八！……〇〇五一二八！……

玲琅！玲琅！玲琅！玲琅！……

天落下来了，地升上去了，翻了一个跟斗了……玲琅！玲琅！玲琅！玲琅！

〇〇五一二八！……〇〇五一二八！……

太阳下去了，黑暗上来了，翻了一个跟斗了……玲琅！玲琅！玲琅！玲琅！

〇〇五一二八！……〇〇五一二八！……

玲琅！玲琅！玲琅！玲琅！

〇〇五一二八！……〇〇五一二八！……〇〇五一〇八！……〇〇五一〇！……〇〇！……〇〇！……。

陈老夫子

天还未亮，陈老夫子已经醒来了。他轻轻燃起洋烛，穿上宽大的制服，便走到案头，端正地坐下，把银边硬脚的老花眼镜往额上一插，开始改阅作文簿。

他的眼睛有点模糊，因为睡眠不足。这原是他上了五十岁以后的习惯：一到五更就怎样也睡不熟。但以前是睡得早，所以一早醒来仍然精神十分充足；这学期自从兼任级任以来，每夜须到十一二点上床，精神就差了。虽然他说自己还只五十多岁，实际上已经有了五十八岁。为了生活的负担重，薪水打六折，他决然在每周十六小时的功课和文牍员之外，又兼任了这个级任。承李校长的情，他的目的达到了，每月可以多得八元薪金。但因此工作却加重了，不能不把从前每天早上闭目“打定”的老习惯推翻，一醒来就努力工作。

这时外面还异常的沉寂。只有对面房中赵教官的雄壮的鼾声时时透进他的纸窗来。于是案头那半支洋烛便像受了震动似的起了幌摇，忽大忽小地缩动着光圈，使他的疲乏的眼睛也时时跟着跳动起来。他缓慢地小心地蘸着红笔，在卷子上勾着，剔着，点着，圈着，改着字句，作着顶批。但他的手指有点生硬，着笔时常常起了微微的颤栗，仿佛和眼睛和烛光和赵教官的鼾声成了一个合拍的舞蹈。有时他轻轻地幌着刚剃光的和尚头，作一刻沉思或背诵，有时用左手敲着腰和背，于是坐着的旧藤椅就像伴奏似的低低地发出了吱吱的声音。

虽然过了一夜，淡黄色的柚木桌面依然不染一点尘埃，发着鲜洁的光辉。砚台，墨水瓶，浆糊和笔架都端正地摆在靠窗的一边。只有装在玻璃框内的四寸照片斜对着左边的烛光。那是他的最小的一个儿子半年前的照片，穿着制服，雄纠纠的极有精神，也长得很肥嫩。桌子的右端叠着一堆中装的作文簿，左端叠着一堆洋装的笔记簿：它们都和他的头顶一样高，整齐得有如刀削过那样。洋烛的光圈缩小时，这些卷子上的光线阴暗下来，它们就好像是两只书箱模样。

他并不休息，一本完了，把它移到左边的笔记簿的旁边，再从右边的高堆上取下了一本，同时趁着这余暇，望了一望右边的照片，微笑地点点头，脑子里掠过一种念头：

"大了！"

有时他也苦恼地摇摇头，暗暗的想：

“瘦了……”

但当念头才上来时，他已经把作文簿翻开在自己的面前，重又开始改阅了。

虽然着笔不快，改完了还要重看一遍，到得外面的第一线晨光透进纸窗，洋烛的光渐渐变成红黄色的时候，左边的作文簿却已经和他的嘴角一样高，右边的那一堆也已低得和他的鼻子一样齐了。

这时起床的军号声就在操场上响了起来。教员宿舍前的那一个院子里异常的骚动了。

于是陈老夫子得到了暂时的休息，套上笔，望了一望右边的那一堆的高矮，接着凝视了一下照片，摘下眼镜，吹熄了剩余的洋烛，然后慢慢地直起腿子，轻轻敲着腰和背，走去开了门，让晨光透进来。

外面已经大亮。但教员宿舍里还沉静如故。对面房里的赵教官依然发着雄壮的鼾声。他倾听了一会隔壁房里的声音，那位和他一道担任着值周的吴教员也还没一点动静。

“时候到了……年青人，让他们多睡一刻吧……”

他喃喃地自语着，轻轻地走到了院子的门边。

侍候教员的工友也正熟睡着。

“想必睡得迟了……”他想。

他走回自己的房里，把热水瓶里剩余的半冷的水倾在脸盆里，将就地洗了脸，然后捧着点名册，往前院的学生宿舍去了。

气候已经到了深秋，院子里的寒气袭进了他的宽大的制服，他觉得有点冷意，赶忙加紧着脚步走着。

学生们像乱了巢的鸟儿显得异常的忙碌：在奔动，在洗脸，在穿衣，在扫地，在折叠被褥。到处一片喧嚷声。

陈老夫子走进了第一号宿舍，站住脚，略略望了一望空着的床铺。

“都起来了……”一个学生懒洋洋地说。

他静默地点了一点头，退了出去，走进第二号宿舍。

这里的人也全起来了，在收拾房子，一面在谈话。没有谁把眼光转到他脸上去，仿佛并没看见他来到。

他走进了第三号。

有人在打着呼哨唱歌，一面扫着地；他没抬起头来，只看见陈老夫子的两只脚。他把所有的尘埃全往他的脚上扫了去：

“走开！呆着做什么！”

陈老夫子连忙退出门外，蹬蹬脚上的尘埃，微怒地望着那个学生。

但那学生依然没抬起头来，仿佛并不认识这双脚是谁的。

陈老夫子没奈何地走进了第四号。

“早已起来了……”有人这样冷然的说。

他走到第五号的门口，门关着。他轻轻敲了几下，咳嗽一声。

里面有人在纸窗的破洞里张了一下，就低声的说：

“嘘！……陈老头！……”

“老而不死……”另一个人回答着。

陈老夫子又起了一点愤怒，用力举起手，对着门敲了下去，里面有人突然把门拉开了，拉得那样的猛烈，陈老夫子几乎意外地跟着那阵风扑了进去。

“哈，哈，哈……”大家笑了起来，“老先生，早安……”

陈老夫子忍住气，默然退了出来。还没走到第六号，就听见了那里面的说话声：

“像找狗屎一样，老头儿起得这么早……”

他忿然站住在门口，往里面瞪了一眼，就往第七号走去。

这里没有一个人，门洞开着，房子床铺都没收拾。

他踌躇了一会，走向第八号宿舍。

现在他的心猛烈地跳跃了。这里面正住着他的十七岁小儿子陈志仁。他一共生了三个儿子。头两个辛辛苦苦地养大到十五六岁，都死了，只剩着这一个最小的。他是怎样的爱着他，为了他，他几乎把自己的一切全忘记了。他家里没有一点恒产，全靠他一人收入。他从私塾，从初小，从高小一直升到初中教员，现在算是薪水特别多了，但生活程度也就一天一天高了起来，把历年刻苦所得的积蓄先后给头两个儿子定了婚，儿子却都死了。教员虽然当得久，学校里却常常闹风潮，忽而停办半年，忽而重新改组，几个月没有进款。现在算是安定了，薪水却打六折，每月也只有五十几元收入，还要给扣去这样捐那样税，欠薪两月。他已经负了许多债，为了儿子的前途，他每年设法维持着他的学费，一直到他今年升入了初中三年级。为了儿子，他愿意勉强挣扎着工作。他是这样的爱他，几乎每一刻都纪念着他。

而现在，当他踏进第八号宿舍的时候，他又看见儿子了。

志仁的确是个好学生，陈老夫子非常的满意：别的人这时还在洗脸，叠被褥，志仁却早已坐在桌子旁读书了。陈老夫子不懂得英文，但他可听得出志仁读音的清晰和纯熟。

他不觉微微地露出了一点得意的笑容。

但这笑容只像电光似的立刻闪了过去。他发现了最里面的一个床上高高地耸起了被，有人蒙着头还睡在那里。

“起床号吹过许久了，”他走过去揭开了被头，推醒了那个学生。

那学生突然惊醒了，蒙眬着眼，坐了起来。

“唔？……”

“快些起来。”

“是……”那学生懒洋洋地回答，打了一个呵欠。

陈老夫子不快活地转过身，对着自己的儿子：

“你下次再不叫他起床，一律连坐……记住，实行军训，就得照军法处分的！”

志仁低下了头。

“是——”其余的学生拖长着声音代志仁回答着。

陈老夫子到另一个号舍去了。这里立刻起了一阵笑声：

“军法，军法……”

“从前是校规校规呀……”

“革命吧，小陈，打倒顽固的家长……”

“喔啊，今天不受军训了，给那老头儿打断了 Svete dream！可恼，可恼……小陈，代我请个假吧，说我生病了……哦，My lofer，My lofer……”

“生的那个病吗？……出点汗吧……哈，哈，哈……”别一个学生回答说。

志仁没理睬他们。他又重新坐下读书了。

陈老夫子按次的从这一个号舍出来，走进了另一个号舍，一刻钟内兜转圈子，完全查毕了。

这时集合的号声响了。学生们乱纷纷地跳着跑着，叫着唱着，一齐往院子外面拥了出去。

陈老夫子刚刚走到院子的门边，就被紧紧地挤在角落里。他想往后退，后面已经挤住了许多人。

“嘶……”有人低声地做着记号，暗地里对陈老夫子撅一撅嘴。大家便会意地往那角落里挤去。

陈老夫子背贴着墙，把点名册压在胸口，用力挡着别人，几乎连呼吸都困难了。

“两个……两个……走呀……”他断断续续的喊着。“维持……军纪……”

“维持军纪，听见吗？”有人大声地叫着。

“鸟军纪！”大家骂着，“你这坏蛋，你是什么东西！”

“是老先生说的，他在这里，你们听见吗？”

“哦，哦！……”大家叫着，但依然往那角落里挤了去。

陈老夫子的脸色全红了，头发了晕，眼前的人群跳跃着，飞腾着，像在他的头上跳舞；耳内轰轰地响着，仿佛在战场上一般。

好久好久，他才透过气，慢慢地觉醒过来，发觉院子里的人全空了，自己独自靠着墙壁站着。他的脚异样的痛，给谁踏了好几脚。两腿在发抖。

“唉……”他低声叹了一口气，无力地拍了一拍身上的尘埃，勉强往操场上走去。

学生们杂乱地在那里站着，蹲着，坐着，谈论着，叫喊着，嘻笑着，扭打着。

“站队，……站队……”陈老夫子已经渐渐恢复了一点精力，一路在人群中走着，一路大声的喊。

但没有谁理他。

一分钟后，号声又响了。赵教官扣上最后的一粒钮扣，已经出现在操场的入口处。他穿着一身灰色的军服，斜肩着宽阔的黄皮带，胸间挂着光辉夺目的短刀的铜鞘，两腿裹着发光的黑色皮绑腿，蹬着一双上了踢马刺的黑皮靴，雄纠纠地走上了教练台。

赵教官的哨子响时，学生们已经自动地站好了队。

“立——正！”赵教官在台上喊着。

于是学生们就一齐动作起来，跟着他的命令一会儿举举手，一会儿蹬蹬脚，一会儿弯弯腰，一会儿仰仰头。

陈老夫子捧着点名册，在行列中间走着，静默地望望学生们的面孔，照着站立的位次，在点名册上记下了×或。

直至他点完一半的名，另一个值周的级任教员吴先生赶到了。他微笑地站在教练台旁，对学生们望了一会，翻开簿子做了几个记号，就算点过了名。随后他穿过学生的行列，走到了队伍的后面。

陈老夫子已经在那里跟着大家弯腰伸臂受军训了。

“老夫子的精力真不坏，”吴教员站在旁边望着，低声的说：“我其实只有三十几岁就吃不消了。”

“哈哈……老吴自己认输了，难得难得，”陈老夫子略略停顿了一会操练，回答说。“我无非是老当益壮，究竟不及你们年青人……”

“军事训练一来，级任真不好干，我们都怕你吃不消，那晓得你比我们还强……”

“勉强吧了，吃了这碗饭。你们年青人，今天东明天西，头头是道，我这昏庸老朽能够保持这只饭碗已是大幸了。”

陈老夫子感慨地说了这话，重又跟着大家操练起来。

但不久，他突然走到了行列间，按下了他儿子的背。

“往下！……再往下弯！……起来！……哼！我看你怎么得了！……你偷懒，太偷懒了！……”他说着愤怒地望了一会，然后又退到了原处。

近边的同学偷偷地望了一望他，对他撅了撅嘴，又低低的对志仁说：

“革命呀，小陈……”

志仁满脸通红，眼眶里贮着闪耀的泪珠。

“我看令郎……”吴教员低声的说。

陈老夫子立刻截断了他的话：

“请你说陈志仁！”

“我看……陈志仁很用功，——别的就说不十分清楚，至少数学是特别好的。他应该不会偷懒……”

“哼！你看呀！”陈老夫子怒气未消，指着他儿子说。“腰没弯到一半就起来了……”

“他到底年青……近来面色很不好，老夫子也不要太紧了……”

陈老夫子突然失了色。吴教员的话是真的，他也已经看出了志仁有了什么病似的，比前瘦了许多，面色很苍白。

但他立刻抑制住自己的情感，仰起头望着近边屋顶上的曙光，假装着十分泰然的模样，说：

“好好的，有什么要紧……你也太偏袒他了……”

他说着独自循着墙走了去。他记起了前两个儿子初病时候的样子来了：也正是不知不觉的瘦了下去，面色一天比一天苍白了起来，有一天忽然发着高度的热，说着呓语，第二天就死了……

他的心突突地跳了起来，眼前变成了很黑暗。早间的军训已经完毕，学生已经散了队，他全不知道。直至赵教官大声地喊了好几声“老夫子，”他才回复了知觉。匆忙地回到原处，拾起点名册，和赵教官一起离开了操场。

“老夫子，”赵教官一面走一面说，“有了什么新诗吗？”

“没什么心事……”

“哈，哈，你太看不起我了。你一个人在墙边踱了半天，不是想出了新的好诗，我不信！你常常念给学生们听，就不肯念给我听吗？我也是高中毕了业的丘八呀！”

陈老夫子这时才明白自己听错了话。

“哈，哈，我道你问我心事，原来是新诗……咳，不瞒老赵说，近来实在忙不过来了，那里还有工夫做诗呵。”

“你说的老实话，我看你也太苦了，这个级任真不容易……”

“可不是！真不容易呀……何况年纪也大了……”

“别说年纪吧，像我二十八岁也吃不消……哼，丘八真不是人干的！”赵教官的语气激昂了起来，“自从吃了这碗饭，没一夜睡得够！今天早饭又不想吃了……再见吧，老夫子，我还得补充呢！”

赵教官用力拉开自己的房门，和陈老夫子行了一个军礼，又立刻砰的一声关上门，倒到床上去继续睡觉了。

陈老夫子默然走进自己的房子，站住在书桌前，凝目注视着志仁的照片。

“胖胖的，咳，胖胖的……”他摇着头，喃喃地自语着，“那时面色也还红红的……”

他正想坐到椅子上去，早饭的铃声忽然响了。他可并不觉得饿，也不想吃，但他踌躇了片刻，终于向食堂走了去。他想借此来振作自己的精神。

但一走进教职员膳堂，他又记起了志仁的苍白的面孔，同时自己的腰背和腿子起了隐隐的酸痛，他终于只喝了半碗稀饭，回到了自己的房里。

上午第一堂是初三的国文，正是志仁的那一班。陈老夫子立刻可以重新见到他了。他决计仔细地观察他的面色。现在这一班还有好几本作文簿没有改完，他须重新工作了。

他端正地坐下，把银边硬脚的老花眼镜往额上一插，取下了一本作文簿，同时苦恼地望了一望志仁的照片。

他忽然微笑了：他的眼光无意地从照片旁掠了过去，看见躺在那里的一本作文簿上正写着陈志仁三个大字。他赶忙亲切地取了下来，把以先的一本重又放在右边的一堆。他要先改志仁的文章。

多么清秀的笔迹！多么流利的文句！多么入情入理的语言！……志仁的真切的声音，面貌，态度，风格，思想，情绪，灵魂……一切全栩栩如生地表现在这里了……

他开始仔细地读了下去，从题目起：

“抗敌救国刍议……题目用得很好，”他一面喃喃地说着，“态度很谦虚，正是做人应该这样的……用‘平议’就显得自大了……论抗敌救国……抗敌救国论……都太骄傲……用‘夫’字开篇，妙极，妙极！……破题亦妙！……承得好，这是正承……呵，呵，呵，转得神鬼不测！……谁说八股文难学，这就够像样了……之乎者也，处处传神！……可悲，可悲，中国这样情形……”他摇着头。“该杀！真是该杀！那些卖国贼和汉奸！……”他拍着桌子。“说得是，说得是，只有这一条路了——唔！什么？他要到前线上去吗？……”

陈老夫子颓然地靠倒在椅背上，静默了。

他生了三个儿子，现在只剩这一个了。还只十七岁。没结婚。也没定下女人。

“糊涂东西！”他突然疯狂似的跳了起来。“你有什么用处！何况眼前吃粮的兵也够多了！……”

但过了一会，他又笑了：

“哈，哈，哈……我忘记了，这原来是作文呀，没有这句话，这篇文章是不能结束的。……这也亏他想得出了……然而，”他说着提起了红笔，“且在‘我’字下添一个‘辈’字吧，表示我对他的警告，就是说要去大家去……”

他微微地笑着，蘸足了红墨水，准备一路用圈和点打了下去。

但他又忽然停止了。他知道别的学生会向志仁要卷子看，点太多了，别人会不高兴，因为他们是父子。

他决定一路改了去，跳剔着每一个字句，而且多打一些顶批，批出他不妥当的地方。

但他又觉得为难了。批改得太多，也是会引起别人不高兴的，会说他对自己儿子的文章特别仔细。

他踌躇了许久，只得略略改动了几个字：打了几个叉，无精打彩的写上两个字的总批：平平。随后他把这本作文簿移到了左边的一堆。随后又向右边的一堆取下了另一本，望一望志仁的照片。

他忽然不忍起来，又取来志仁的卷子，稍稍加上一些圈和点。

“多少总得给他一点，他也绞尽了脑汁的，我应该鼓励他……”

他开始改阅另一本了。

但刚刚改完头一行，预备钟忽然当当的响了起来。

他只得摇一摇头，重又把它掩上，放到右边那一堆上去。随后数了一数卷子：

“还有八本，下午交，底下是初二的了，明天交。”

他摘下眼镜，站了起来。同时另一个念头又上来了：他觉得志仁的卷子不应该放在最上面。他赶忙把它夹在这一堆的中间。然后从抽屉里取出国文课本，放在作文簿的上面，两手捧着一大堆，带上门，往教员休息室走去。

今天得开始讲那一篇节录的《孝经》了，他记得。这是他背得烂熟了的。但怎样能使学生们听了感动，听了欢喜呢？他一路上思索着，想找几个有趣的譬喻。他知道学生们的心理：倘若讲得没趣味，是有很多人会打瞌睡的。

“有了，有了，这样起，”他暗暗地想，走进了教员休息室。

房子里冷清清的只有一个工友和一个教务员。

接着上课铃叮玲玲的响了。陈老夫子在那一堆作文簿和国文课本上又加了一个点名册和粉笔盒，捧着走向初三的课堂去。

“老夫子真早，”迎面来了孙教员，“国英算的教员顶吃苦，老是排在第一堂！我连洗脸的时间也没有了！……”

陈老夫子微笑地走了过去。

全校的学生都在院子里喧闹着。初三的一班直等到陈老夫子站在门口用眼光望着，大家才阑珊地缓慢地一个一个的走进课堂。

“哈，哈，哈，哈……”院子里的别班学生拍着手笑了起来。

“碰到陈老头就没办法了，一分一秒也不差！”有人低声地说着。

陈老夫子严肃地朝着院子里的学生们瞪了一眼，便随着最后的一个学生走进课堂，顺手关上了门。

他走上讲台，先点名，后发卷，然后翻开了课本。学生们正在互相交换着卷子，争夺着卷子，谈论着文章，他轻轻拍拍桌子，说：

“静下，静下，翻开课本来。”

“老先生，这是一个什么字呀？”忽然有人拿着卷子，一直走到讲台前来。

“就是‘乃’字。”

“古里古怪怎么不用简笔字呀？……”那学生喃喃地说着。

“让你多认识一个字。”

“老先生，这个字什么意思呢？”另一个学生走来了。

“我也不认识这个字，”又来了一个学生。

“不行，不行！”陈老夫子大声说着。“我老早通知过你们，必须在下了课问我，现在是授课的时间，要照课本讲了。”

“一个字呀，老先生！”

“你一个，他一个，一点钟就混过去了……不行，不行！我不准！”

学生们静默了，呆坐着。

“书呢？翻开书来……今天讲《孝经》……”

“讲点时事吧，国难严重……”

“孝为立国之本……”

“太远了……”

“我提议讲一个故事。”另一个学生说。

“赞成，赞成，”大家和着。

陈老夫子轻轻地拍着桌子：

“不许做声，听我讲，自然会有故事的！”

“好，好，好！”大家回答着，接着静默了，仰着头望着。

陈老夫子瞪了他们一眼，开始讲了：

“静静听着，我先讲一个故事：一个孩子爱听故事……”

“老先生又要骂人了！”

“听我讲下去：于是这个孩子一天到晚缠着他父亲，要他讲故事……”

“还不是！你又要骂我们了！”

“静静的听我讲：他父亲说，‘我有正经事要做，没有这许多时间讲故事给你听。’于是这孩子就拍的一个耳光打在他父亲的脸上，骂一声‘老头儿’！”

“哈，哈，哈……”满堂哄笑了起来。

“然而他父亲说这不是不孝，因为这孩子还只有三岁……”

“哈，哈，哈……”大家笑得前仰后倒起来了。

陈老夫子这样讲着，忽然记起了自己的儿子。他睁大着眼睛，往第三排望了去。

他现在真的微笑了：他看见志仁的面孔很红。

“好好的……老吴撒谎！”他想。

他愉快地继续说了下去：

“静下，静下，再听我讲。……这就是所谓开宗明义第一章：仲尼居，曾子侍。仲尼者，孔子字也，曾子的先生；居者，闲居也。曾子者，孔子弟子也；侍者，侍坐也。正好像你们坐在这里似的……”

“哈，哈，哈……我们做起曾子来了，老先生真会戴高帽子……”

“子曰：先生有至德要道，以顺天下，民用和睦，上下无怨，汝知之乎？……”

“再讲一个故事吧，老先生，讲书实在太枯燥了。”

“听我讲：子者，谓师也，指孔子。孔子说，古代圣明之帝王都有至美之德，重要之道，能顺天下人心，因此上下人心和睦无怨，你晓得吗？……”

陈老夫子抬起头来，望望大家，许多人已经懒洋洋地把头支在手腕上，渐渐闭上了眼睛。

“醒来，醒来！听我讲孝经！这是经书之一，人人必读的！”

大家仿佛没有听见。

他拍了一下桌子。大家才微微地睁开一点眼睛来，下课铃却忽然响了。

学生们哄着奔出了课堂。

“真没办法，这些大孩子……”

陈老夫子叹息着，苦笑了一下，回到教员休息室。这里坐着许多教员，他一一点着头，把点名册和粉笔盒放下，便挟着一本课本，一直到校长办公室去。

第二堂，他没有课。他现在要办理一些文牍了。李校长没有来，他先一件一件地看过，拟好，放在校长桌子上，用东西压住了，才退到自己的寝室里去。

他现在心安了。他看见志仁的面色是红的。微笑地望了一会桌上的照片，他躺倒床上想休息。他觉得非常的疲乏，腰和背和腿一阵一阵的在酸痛。他合上了眼。

但下课铃又立刻响了。第三堂是初二的国文，第四堂是初三的历史。他匆忙地拿着教本又往课堂里跑了去。

初二的学生和初三的一样不容易对付，闹这样闹那样，只想早些下堂。初三的历史，只爱听打仗和恋爱。他接着站了两个钟头，感不到一点兴趣，只是带着沉重的疲乏回来。

但有一点使他愉快的，是他又见到了志仁。他的颜色依然是红的，听讲很用心，和别的学生完全不一样。而且他还按时交了历史笔记簿来。

“有这样一个儿子，也就够满足了……”他想。

于是他中饭多吃了半碗。

随后他又和疲乏与苦痛挣扎着，在上第五堂初三乙组的历史以前，赶完了剩余的第八本卷子。

第六堂略略得到了一点休息。他在校长办公室里静静地靠着椅背坐了半小时，只做了半小时工作。

但接着綦重的工作又来了。全校的学生分做了两队，一队在外操场受军训，一队在内操场作课外运动，一小时后，两队互换了操场，下了军训的再作一小时课外运动，作过课外运动的再受一小时军训。这两小时内，课堂，图书馆，阅报舍，游艺室，自习室，和寝室的门全给锁上了，学生们不出席是不行的。同时两个值周的教员捧着点名册在进场和散场时点着名。

陈老夫子先在外操场。他点完了名，不愿意呆站着，也跟在队伍后面立正，稍息，踏步走。

“人是磨炼出来的，”他想，“越苦越有精神，越舒服越萎靡。”

当实行军事训练的消息最先传到他耳鼓的时候，他很为他儿子担心，他觉得他儿子年纪太小了，发育还没完全，一定吃不起过份的苦，因此他老是觉得他瘦了，他的脸色苍白了。但今天上午，他经过了两次仔细的观察，志仁的脸色却是红红的，比平常红得多了。

“足见得他身体很好，”他想，完全宽了心。

这一小时内的军训，他仍然几次把眼光投到志仁的脸上去，依然是很红。

早晨受军训的时候，他看见志仁懒洋洋的，走过去按下了他的背，经过吴教员一说，心里起了不安，觉得自己也的确逼得他太紧了。但现在，他相信是应该把他逼得紧一点，可以使他身体更加好起来。他知道志仁平日是不爱运动，只专心在功课方面的。

“身体发育得迟，也许就是这个原因了，”他想。

因此他现在一次两次地只是严肃的，有时还含着埋怨的神情把眼光投到志仁的脸上去，同时望望他的步伐和快慢，暗地里示意给他，叫他留心。

志仁显然是个孝子，他似乎知道自己的行动很能影响到他父亲的地位和荣誉，所以他虽然爱静不爱动，还是很努力的挣扎着。这一点，陈老夫子相信，只有他做父亲的人才能体察出来。

“有着这样的儿子，也就可以心满意足了，”他想。

于是他自己的精神也抖擞起来，忘记了一切的苦恼和身体的疼痛。

只有接着来的一小时，从外操场换到内操场，他感到了工作的苦恼。

现在是课外运动。学生们全是玩的球类：两个排球场，两个篮球场，一个足球场。他完全不会玩这些，也不懂一点规则，不能亲自参加。那边输那边赢，他虽然知道，却一点也不觉得兴奋，因为他知道这是游戏。他的卷子还有许多没有改，他想回去又不能，因为他是监视人。他一走，学生就会偷跑的。

他只好无聊地呆站在操场的门边。这里没有凳子，他又不愿意和别的教员似的坐在地上，他觉得这于教员的身分有关。

这便比一连在课堂里站上三个钟头还苦了，因为上课的时候，他把精神集中到了课题上，容易忘记疲乏。现在是，疲乏完全袭来了。背和腰，腿和脚在猛烈地酸痛，脑子里昏昏沉沉的一阵阵起着头晕，眼睑疲乏地只想合了拢去。他的背后就是墙，他非常需要把自己的身体靠到墙上去。但他不这样做，因为他不愿意。

直至散场铃响，他才重新鼓着精神，一一点完了名，跟着学生和教体育的冯教员走出了操场。

“老夫子什么都学得来，打球可没办法了，哈，哈，哈……”冯教员一路说着。

“已经不中用了呀，”陈老夫子回答说。“那里及得来你们年青人……”

他走进房里，望着志仁的照片，微笑地点点头。喃喃地说：

“你可比什么人都强了……”

他坐下，戴上眼镜，拿了笔，想再开始改卷子。

但他又忽然放下笔，摘下眼镜，站起身来：

“差一点忘记了，了不得！……今天是校长三十八岁生日，五点半公宴，现在应该出发了……”

他脱下制服，换了一件长袍和马褂，洗了脸，出了校门，一直往东大街走去。

两腿很沉重，好不容易才挨到了杏花楼。

“五点半了！”他懊恼地说，“向来是在约定时间前五分钟到的……”

但这预定的房间里却并没别的人来到。陈老夫子知道大家总是迟了半小时后才能到，便趁着机会休息了。他闭上眼睛，盘着腿，在喧闹的酒楼上打起定来，仿佛灵魂离了躯壳似的。

然而他却很清醒。当第一个同事走上楼梯的时候，他已经辨出了脚步声，霍然站起身子来。

“我知道是老孙来了，哈，哈，哈，迟到，该罚……”

瘦长子孙教员伸长着脖颈，行了一个鹅头礼，望了一望四周，微笑地翘起大拇指，说：

“除了老夫子，我是第一名呀！”

“哈，哈，哈！难得难得，足下终于屈居第二了……”

“那末，小弟就屈居第三了……”吴教员说着走了进来。

“哈，哈，哈，老吴迟到，才该罚呢，老夫子！”

“我是值周呀！”

“老夫子也是值周，可是老早就到了。怕是到你那Sweet heart 那里去了吧？”

“Sweet heart！”吴教员兴奋地说，“穷教员休想！这碗饭不是人吃的！教员已经够了，还加上一个级任！饭也吃不下，睡也睡不够！一天到晚昏头昏脑的！”

“老夫子还多了一个文牍，你看他多有精神！”孙教员说，又翘起一个大拇指。

“他例外，谁也比不上他。他又天才高。文牍，谁也办不了！”

“好说，好说，”陈老夫子欠了个身。“文牍无非是‘等因奉此’千篇一律。功课也只会背旧书，开留声机……”

“你老人家别客气了，”孙教员又行了一个鹅头礼，“你是清朝的附贡生，履历表上填着的，抵赖不过！”

“哈，哈，哈！”陈老夫子笑着说，“这也不过是‘之乎者也’，和现在‘的呢吗呀’一模一样的……”

“老夫子到底是个有学问的人，处处谦虚，做事却比谁负责。”孙教员称赞说。

“笑话，笑话，”陈老夫子回答说，“勉强干着的，也无非看‘孔方兄’的面上。”

“这是实话，老夫子，我们也无非为的 Dollars 呀！”

“哈，哈，哈……”门口一阵笑声，范教员挺着大肚子走了进来，随后指指后面的赵教官：“你们海誓山盟‘到老死’只要他一阵机关枪就完了。”

“那时你的生物学也 Finish 了！”孙教员报复说，“他的指挥刀可以给你解剖大肚子的！”

“呜呼哀哉，X 等于 Y……”吴教员假装着哭丧的声音。

“别提了！”赵教官大声地叫着说，“丘八不是人干的！没一夜睡得够！啊呵！”

“大家别叫苦了！”门口有人说着。

大家望了去：

“哈，哈，财神菩萨！”

“军长！秘书！参谋长！报告好消息！”李会计笑眯眯地立在门口，做着军礼。

“鸟消息！”赵教官说。

“明天发薪！”

“哈，哈，哈……”

“三成……”

“嗤！……”

“暂扣三分之一的救国捐。”

大家沉下了脸，半晌不做声。

“苦中作乐，明晚老吴请客吧，Sweet heart 那里去！”孙教员提议说。

“干脆孤注一郑，然后谁赢谁请客！”赵教官说。

陈老夫子不插嘴，装着笑脸。他不想在人家面前改正赵教官的别字。

这时李校长来了，穿着一套新西装，满脸露着得意的微笑，后面跟着两个教员，一个事务员，一个训育员，一个书记。

“恭喜，恭喜！”大家拍手叫着，行着礼。

“财政局长到我家里来了，接又去看县长，迟到，原谅。”

“好说，好说，校长公事忙……”陈老夫子回答着。

“有两件公事在我桌子上，请陈老拟办。”

“是……”陈老夫子回答着，望望楼梯口上的时钟。

现在正式的宴会开始了。但陈老夫子喝不下酒，吃不下菜，胃口作酸。他看看将到七点钟，便首先退了席，因为七点半钟是学生上自习的时候。

他很疲乏。不会喝酒的人喝了几杯反而发起抖来了，深秋的晚间在他好像到了冬天那样的冷。每一根骨头都异样地疼痛着，有什么东西在耳内嗡嗡地叫着，街道像在海波似的起伏。

到得校里坐了一会，才感觉到舒服了一些，自习钟却当当的响了。

他立刻带下几本卷子和点名册往自习室走去。这里靠近着院子门边有一间小小的房子，是值周的级任晚上休息的。在这里可以管住学生往外面跑。

他点完了名，回到休息室，叫人取来了公文，拟办好了，然后开始改卷子。

学生们相当的安静。第一是功课紧，第二是寝室的门全给锁上了。

陈老夫子静静地改阅卷子，略略忘记了自己的疲乏。只是有一点不快活，每当他取卷子的时候，看不到志仁的照片。

志仁自己就在第四号的自习室里，但陈老夫子不能去看他。一则避嫌疑，二则也怕扰乱志仁的功课，三则他自己的工作也极其紧张。

待到第二堂自习开始，陈老夫子又去点名了。他很高兴，趁此可以再看见自己的儿子。

但一进第四号自习室，他愤怒得跳起来了：

志仁竟伏在案头打瞌睡！

“什么！”陈老夫子大声叫着，“这是什么地方，什么时候！你胆敢睡觉！……”

他向志仁走了过去，痉挛地举着拳头。

志仁抬起头来了：脸色血一样的红，眼睛失了光，喘着气，——突然又把头倒在桌子上。

陈老夫子失了色，垂下手，跑过去捧住了志仁的头。

头像火一样的热。

“怎……怎……么呀，……志仁？……”

他几乎哭了出来，但一记起这是自习室，立刻控制住了自己。

“烦大家帮我的忙……”他比较镇定的对别的学生说，“他病得很利害……把他抬到我的房里去……还请叫个工友……去请……医生……”

别的同学立刻抱着抬着志仁离开了自习室。

“他刚才还好好的，我们以为他睡着了……”

“这……这像他的两个……”陈老夫子把话咽住了。

他不愿意这样想。

他把志仁躺在自己的床上，盖上被，握着他的火热的手，跪在床边。

“志仁……睁开眼睛来……”他低声哽咽着说，“我是你的爸爸……我的……好孩子……”

他倒了一杯开水灌在志仁的口里，随后又跪在床边：

“告诉我……志仁……我，你的亲爸爸……你要什么吗？……告诉我……”

志仁微微睁开了一点无光的眼睛，断断续续的说：

“爸……我要……一支……枪……前线去……抗敌……”

“好的……好的……”陈老夫子流着眼泪，“你放心……我一定给你……一支枪……呵……一支枪……”

他仰起头来，脸上起了痛苦的痉挛，随后缓慢地伏到了儿子的手臂上。

图书在版编目（CIP）数据

河边 / 鲁彦著. — 北京：中国国际广播出版社，2013.1
（良友文学丛书）
ISBN 978-7-5078-3560-1

Ⅰ. ①河… Ⅱ. ①鲁… Ⅲ. ①短篇小说—小说集—中国—现代 Ⅳ. ①I246.7

中国版本图书馆CIP数据核字（2012）第265624号

河　边

著　　者	鲁　彦
责任编辑	张娟平　杜春梅
版式设计	国广设计室
责任校对	徐秀英
出版发行	中国国际广播出版社（83139469　83139489[传真]）
社　　址	北京复兴门外大街2号（国家广电总局内） 邮编：100866
网　　址	www.chirp.com.cn
经　　销	新华书店
印　　刷	环球印刷（北京）有限公司
开　　本	620×920　1/16
字　　数	86千字
印　　张	11.5
版　　次	2013 年 1 月　北京第一版
印　　次	2013 年 1 月　第一次印刷
书　　号	ISBN 978-7-5078-3560-1/I · 405
定　　价	37.00元

CRI 中国国际广播出版社　欢迎关注本社新浪官方微博　官方网站 www.chirp.cn

人文阅读与收藏·良友文学丛书

(1)	鲁　迅　编译	竖　琴
(2)	何家槐　著	暧　昧
(3)	巴　金　著	雨
(4)	鲁　迅　编译	一天的工作
(5)	张天翼　著	一　年
(6)	篷　子　著	剪影集
(7)	丁　玲　著	母　亲
(8)	老　舍　著	离　婚
(9)	施蛰存　著	善女人行品
(10)	沈从文　著	记丁玲
	沈从文　著	记丁玲续集
(11)	老　舍　著	赶　集
(12)	陈　铨　著	革命的前一幕
(13)	张天翼　著	移　行
(14)	郑振铎　著	欧行日记
(15)	靳　以　著	虫　蚀
(16)	茅　盾　著	话匣子
(17)	巴　金　著	电
(18)	侍　桁　著	参差集
(19)	丰子恺　著	车箱社会
(20)	凌叔华　著	小哥儿俩
(21)	沈起予　著	残　碑
(22)	巴　金　著	雾
(23)	周作人　著	苦竹杂记　（暂缺）